海洋文學欣賞

余蕙靜　編著

臺灣學生書局印行

蔣序

昔日大學國文教育的目的，除了提高學生閱讀、思考與寫作能力外，兼具有傳揚固有文化，培養倫常觀念，灌輸愛國情懷，注意職業道德爲目標而編輯，所以大一的國文課文的選材著重我國各朝代的經典名編。尤其，先秦兩漢唐宋明清大家的文章、詩、詞等名篇作品的鑑賞。隨著戒嚴解除，時移境遷，在學術自由的風尚之下，各大專院校依照學校自己特色及學生就業職場的需求，大一國文課文內容呈現多元化、多樣化。諸如，社會議題、社會關懷、社會責任、生命教育、兩性平等題材的文章，入選爲教材中。

國立高雄海洋科技大學是我國培育高級海事人員的一所高等學府，以發展海洋科技教育爲主軸，培育高級專業科技人才，從事海洋科技之研發與推廣。余老師在任教之餘，環顧其中，企圖將學校特色與教學內容契合，大一的中國語文教學課程的教材內容上，從我國歷代文章裡，擇選與海洋相關文學作品，融入海洋意象。藉由本課程培養學生認識海洋、熱愛海洋、善用海洋、及珍惜海洋的國民特質。可謂念茲在茲，用心良苦。特序彰明其旨意一二，聊表敬意。

蔣忠益　一〇一年七月二十六日

自序

民國二十七年，當時教育部長陳立夫先生，與各校高考閱卷委員均同意，爲提升學生國文試卷的作文能力，首次規定國文爲各大學共同必修科目。二十九年，教育部制定國文課程選目綱要，幾經與專家學者協商，終於在三十二年完成，由正中書局出版，該書爲我國高等教育史上，最早部定本的大學國文選。當時選文的標準是以古文爲主，生人不錄。此後四十年間，各大學所選編的大學國文教材範圍十分廣泛，甚至遍及文化及語言方面，顯示各校中文系所在課程定位上的多元看法（詹海雲，〈大學國文教學的回顧與前瞻〉，《人文及社會學科教學通訊》五卷三期，一九九五年，頁四十五～五十三。）。

八〇年代中期，政府宣布解嚴，「大一國文」也在學者專家、及教育部的多次會議中，重新定位，舉凡時數、課程、教材、教法等，都在討論的範圍，儘管多方意見充分交流，匯集目的仍在作為修正部定的頒布標準。民國八十四年五月，大法官做出第三八〇號解釋文，大一國文課程的設計，主導權乃由原先的教育部，回歸各大專院校，至此「大一國文」的檢視，乃從原先只在人文領域的討論，轉而加入全國各系的期待，這一段歷程的變化，也正是筆者從大一國文的受教對象，轉為從事大一國文教職的工作者。在這一連串衆說紛紜，百家齊放的階段，正足以見證時代的脈動，社會變化一日千里。當時已有前賢提出「大一國文教學目標各校可以不一致」，如今這項阻力已不復存在，其實對於大一國文的任教者，甚至大一國文何去何從的再省思，依筆者愚見，無非不是一項很好的契機，什麼叫作大一國文？時至今日，它該扮演何種角色？尤其為因應當前經濟發展與社會分工，不斷新增的專業教育，兩者該如何取得平衡，進而相輔相成？

大學國文是中文系以外的同學，在校沒有升學壓力接觸中文的最後階段，同時筆者也深信，對於不具文史系所的科技大學，它更是人文教育的重要環節，而此時，也正是同學們逐漸了解系所專業科目的起始，因此筆者認同，大學國文的教材，應選擇配合各科系專業需要的文學典籍，如此不僅可以彌補傳統與現代的斷裂，也可以減少通識與專業的背離（沈清松，〈大學國文問題會診－國文教育的新方向〉，《國文天地》十五期，一九八六年，頁十二。）。因此，筆者以爲，大一國文的教學目標，除了語文能力的表達與訓練，還須培養同學們理解知識，舉一反三的聯想能力，及學習如何分辨有效資訊，形成對知識的批判，進而創造出新的觀點（謝大寧，《國內各大學院校大一國文教材與國語文能力培養之關係研究報告》」，二〇〇三年，http://www.ccunix.ccu.edu.tw/~chltnh/download/anlschi.doc.）。

在全球化與國際化發展的今天，如何建構自我的特色，成爲立足的基點，是現今各個領域聚焦的話題，教育當然也不例外，我校是國內少數海洋體系的學府，人文與科技相融，陶冶對社會海洋充滿關懷與愛的全人，是學校的辦學理念與發展願景，本書既做爲中國語文授課教材之一，因此在選文宗旨上欲結合學校特色，收錄以海洋書寫爲主的文。尤其海洋教育，現今已被學者視爲社會教育的一環（吳靖國，〈海洋教育的教學實踐〉，《國立臺灣海洋大學九十六年度系所評鑑教育研究所自我評鑑報告》，二〇〇九年十一月二十三日，http://dyna.boe.ttct.edu.tw/data/user/seaweb/files/20091124133544З.ppt），在海洋教育包括自然、社會、人文等種種領域中，本書期以「人文海洋教育」的精神出發，從人與海的關係著手，並採取廣義的海洋文學標準，選擇以海洋景觀的描述、海洋意象的聯想、海洋資源的利用、航行經驗的傳承、海洋經濟的發展、及海中神怪傳說等十五篇文章，有鑒於目前校內已提供現代文章爲主的《海洋文選》，作爲大一學生課外閱讀參考，本書爲免疊床架屋，內容以古典爲主，希望能讓同學們在古今對照的展讀中，可以對我國海洋文學的發展，有完整的了解。因內容屬古典篇章，故各篇特附作者、注釋，加以篇章賞析，輔以課後問題討論，以做爲同學了解參考。其次，爲兼顧古典海洋文學體例的多元書寫，本書收錄涵蓋散文、詩詞、寓言、雜文、及戲曲、小說等，按時代先後順序排列，期能從時代演進，呈現古人對於海洋思維的不同體會。

考試只是語文能力甄測的一環，上課教材當然不只是拿到學分的萬靈丹，筆者認爲教材可以是訓練的開始，透過教材的實際教學與閱讀，學生（讀者）可以從中尋索出，在認識海洋的議題上，古人流露的盼望與渴求，挫折與想像，究竟反映出何種人文關懷？時代容有先後之別，文章亦復古今各異，但人性卻是恆久不變的，同學及讀者可從「鑑往知來」的角度，借以衡諸現代相關科技所解決的，究竟是人類對於自然的未知，還是深化更多人性的貪婪？

筆者天資駑鈍，有幸進入國立高雄海洋科技大學基礎教育中心，在蔣忠益主任寬以待人，及國文組同仁們的提攜下，得以參與這門新興的研究課題；其次，要感謝國立成功大學中研所博士生何淑蘋學妹對成書的不斷鼓勵，加以臺灣學生書局編輯陳蕙文學妹的大力襄助，並國立臺北大學古典文獻與民俗藝術研究所古典文獻組碩士生李侑儒、張雅琪、顏毓鈴、蔡雅如等四位同學們的查找註記資料，本書才得以完成。然而當中疏漏謬誤之處，定再所難免，敬盼　先進時賢不吝指正。最後謹將是書紀念今春辭世的先父　余之良先生，感謝他一生手不釋卷、愛好文藝對我的啓蒙。

余蕙靜　一〇一年八月

海洋文學欣賞　目次

一、莊子·秋水（節選）

【題解】

〈秋水〉見《莊子·外篇》，可能是莊子的學生所記錄。文章論述天人關係、事物的相反相成，最後歸結到任自然而無爲。論辯精闢，是莊子思想的代表作之一。〈秋水〉是《莊子》中的又一長篇，用篇首的兩個字作爲篇名，其主旨在於討論人應如何認識外物。在無限廣大的宇宙中，個人的認識和作爲都要受到主客觀條件的制約，故人所能認知的是十分有限的。時空的無窮性，與事物的變化，指出判斷事物的不易。因此《莊子·秋水》一文之意義，在於人的認識既然是有限的，所以人們就不能囿於個人有限的見聞，而自滿自足。

【作者】

莊子（約西元前三六九～二八六年），戰國中期哲學家，莊氏，名周，字子休。宋國蒙（今安徽蒙城，又說河南商丘）人。曾任宋國地方漆園吏。莊子是先秦時期偉大的思想家、哲學家、和文學家。原系楚國公族，楚莊王後裔，後因亂遷至宋國，是道家學說的主要創始人。與道家始祖老子並稱爲「老莊」，其代表作《莊子》另有〈逍遙遊〉、〈齊物論〉等篇。

【課文】

秋水時至，百川灌河。涇流之大，兩涘渚崖之間，不辯牛馬①。於是焉河伯②欣然自喜，以天下之美為盡在己。順流而東行，至於北海，東面而視，不見水端③。於是焉河伯始旋④其面目，望洋向若而嘆曰：「野語⑤有之曰：『聞道百以為莫⑥己若者』，我之謂也。且夫我嘗聞少仲尼之聞而輕伯夷⑦之義者，始吾弗信。今我睹子之難窮也，吾非至於子之門則殆矣，吾長見笑於大方之家。」

北海若曰：「井鼃不可以語於海者，拘於虛也；夏蟲不可以語於冰者，篤⑧於時也；曲士⑨不可以語於道者，束於教也。今爾出於崖涘，觀於大海，乃知爾醜，爾將可與語大理矣。天下之水，莫大於海，萬川歸之，不知何時止而不盈；尾閭⑩泄之，不知何時已而不虛；春秋不變，水旱不知。此其過江河之流，不可為量數。而吾未嘗以此自多者，自以比形於天地，而受氣於陰陽，吾在〔於〕天地之間，猶小石小木之在大山也。方存乎見小，又奚以自多！計四海之在天地之間也，不似礨空之在大澤乎？計中國之在海內，不似稊米⑪之在大倉乎？號物之數謂之萬，人處一焉；人卒⑫九州，穀食之所生，舟車之所通，人處一焉。此其比萬物也，不似豪末之在於馬體乎？五帝⑬之所連，三王⑭之所爭，仁人之所憂，任士之所勞，盡此矣！伯夷辭之以為名，仲尼語之以為博。此其自多也，不似爾向之自多於水乎？」

河伯曰：「然則吾大天地而小毫末，可乎？」

北海若曰：「否。夫物，量无⑮窮，時无止，分无常，終始无故。是故大知觀於遠近，故小而不寡，大而不多：知量无窮。證鄉⑯今故，故遙⑰而不悶，掇⑱而不跂⑲：知時无止。察乎盈虛，故得而不喜，失而不憂，知分之无常也。明乎坦塗，故生而不說⑳，死而不禍，知終始之不可故㉑也。計人之所知，不若其所不知；其生之時，不若未生之時；以其至小求窮其至大之域，是故迷亂而不能自得也。由此觀之，又何以知毫末之足以定至細之倪㉒，又何以知天地之足以窮至大之域！」

【注釋】

①不辯牛馬：「辯」通「辨」，即形容河面廣闊，遠而見不明。
②河伯：即指河神。「伯」，有長者之稱，故「河伯」，亦指河之長。
③端：邊際。
④旋：改變、收斂。
⑤野語：俗語、俗話說。

⑥莫：沒有。

⑦伯夷：伯夷爲商末孤竹君之長子，姓墨胎氏。《史記·伯夷列傳》：「伯夷，叔齊，孤竹君之二子也，父欲立叔齊，及父卒，叔齊讓伯夷。伯夷曰：父命也。遂逃去」。後來武王伐紂，伯夷，叔齊攔馬勸諫：「父不葬，爰及干戈，可謂孝乎？以臣弒君，可謂仁乎？」武王平定天下後，伯夷、叔齊隱居首陽山，不食周粟，采薇而食，最後餓死。

⑧篤：《爾雅·釋詁》：「篤，固也」。

⑨曲士：曲知之士；區見之士，意指偏執之人。

⑩尾閭：泄海水之所。是莊子出於想像的地名。

⑪稊米：細小的米粒。

⑫卒：衆也。〈天地〉：「人卒雖衆」；〈至樂〉：「人卒聞之，相與還而觀之」等，「人卒」，均指人衆而言。

⑬五帝：關於上古傳說史中的五位聖王五帝，有各種說法。《史記·五帝本紀》、《世本》、《大戴禮記》、《易傳》、《禮記》、《春秋國語》：「黃帝、顓頊、嚳、堯、舜」；《尙書·序》、《白虎通義》：「少昊、顓頊、嚳、堯、舜」；

《戰國策》：「黃帝、庖犧（伏羲）、神農、堯、舜」；《禮記・月令》、《呂氏春秋》、《淮南子》：「黃帝、顓頊、太昊（伏羲）、少昊、炎帝」；《資治通鑑外紀》：「黃帝、顓頊、嚳、堯、少昊」。

⑭三王：這裡指夏禹之子啓、商湯、周武王。

⑮旡：通「無」。

⑯暠：明也。

⑰遙：遙遠也。

⑱掇：拾取，這裡形容爲「近」。

⑲跂：求也。

⑳說：通「悅」。

㉑故：規定、常則。

㉒倪：端倪、限度。

【賞析】

這一篇文章是描寫河伯與海神之間的對話，本篇爲節選，莊子（更可能是道家學說的其他人士)虛構出兩個神明,藉助對話,開展出道家對於宇宙人生的見解。這篇文章指出,一個人的價值觀,往往可以反映出他的視野心胸,河水的寬闊,當然比不上大海的無遠弗屆,所以一開始的第一段,河伯因處溪水支流的盡頭,自以爲是衆水之王,後來「順流而東行」,才了解大海才是衆水所歸之處,於是他發出深深的感嘆。就像明朝大儒王陽明曾寫下一首《蔽月山房》詩:「山近月遠覺月小,便道此山大於月。若人有眼大於天,還見山高月更闊。」也就類似人們常說的:「站得越高,看得越遠」之意。

文章中,河伯相信世人所謂的「少仲尼之聞而輕伯夷之義」,也是道家學說中常常出現對儒家不以爲然的看法,這當然是諸子百家論點不同的結果,不代表孔夫子及伯夷等人的行誼有需商榷。

第二段海神的回應,不僅認同了河伯的看法,更進一步提出種種補充,而「吾在〔於〕天地之間,猶小石小木之在大山也。方存乎見小,又奚以自多!」點出人們生存的環境,不過只是滄海之一粟,在有限的空間當中,許多人卻是挖空心思,想盡辦法，終其一生汲汲營營鑽研於其中，最後也許爭取到符合世俗標準的生活條件，卻失去了生活本身的意義。

第二段河伯自以天地爲最大，毫毛爲最小，海神再次告訴河伯，它眼中的天地與毫毛，仍然囿於個人所見，只有生死、得失，才是難以衡諸的距離，所以海神剖析世人：「其生之時，不若未生之時；以其至小求窮其至大之域，是故迷亂而不能自得也。」眞是一針見血之論。

本文完成年代距今至少已有兩千年，當時學者已經有如此的遠見，反觀今日，拜現代科技進步之賜，對於資訊的取得，較以往便利許多，人際網路的連結，也較昔日的肉身接觸來的寬廣，然而世人的榮辱標準，泰半還侷限於眼見爲憑，衆說爲準的框架，無形之中，大把的力氣都花在追逐別人的定義，再加上商業廣告的推波助瀾，氾濫量化的普世價値，造成許多人迷失於其中。試想，假如吾人無法認清眞實的大環境，又如何能分辨四周的雜音與眞理？就像處於正待涉水漲滿雨水的路面，分不清水面下哪一邊是平坦大道，哪一邊可能是鴻溝深渠，吾人只不過是一路與自己的運氣拔河，就算眞的凱旋歸來，心中也未必踏實。最後一段，何謂有限？何謂無窮？秋水篇一文即使現今讀來，仍有發人深省的意義！

【問題與討論】

一、河神本認爲自己是最大，爲何遇到海神之後，開始有不同思考？

二、試評論《莊子·秋水》的敘事技巧？

三、由海神的回答中，可以瞭解到莊子想要表達哪些道家思想中的議題？

二、左傳·昭公二十九年秋（節選）

【題解】

本文節選自《左傳·昭公二十九年秋》記事。記載晉國武將魏獻子與晉國史人蔡墨對於「龍」這類生物的討論。

魏獻子以聽聞都城近郊有龍出沒爲由，向蔡墨詢問「龍知（智）」之事。蔡墨則回應「人實不知，非龍實知。」說明人類對於龍的瞭解甚寡，才會認爲龍較人類有智慧而讓人無法擒捉。並舉史中對於豢龍、御龍均有職官，《易經》對於「龍」亦多有記載，方知其時「龍」的稀見難知，實肇因於人爲的怠忽職守，因而無法對龍有更多的認識。

【作者】

《左傳》原名《左氏春秋》，漢代稱《春秋左氏傳》，亦省稱爲《左氏傳》。爲五經之一。

漢代司馬遷、劉向、裴駰、劉歆、桓譚、班固及唐朝的劉知幾等，皆以《左傳》出於左丘明。唐朝趙匡提出質疑，認爲《左傳》非左丘明所著，其後宋代葉夢得、鄭樵、朱熹認爲其成書於戰國時期，作者應爲戰國時人。據《左傳》文本及楚國竹簡版本的《左傳》出土文獻相互參證，一般認爲《左傳》爲集體撰作的產物，大約於戰國中期完成。

「春秋」爲古代史書專名，經孔子整理之《春秋》，爲魯國史書。後人根據孔子魯《春秋》作傳，今傳述者主要有公羊、穀梁、左氏三家。前二者逐句以義解經，主闡孔子微言大義，以漢隸傳鈔寫成，屬今文經；左氏以事解經，詳載諸國史事以配《春秋》經文，出於孔壁，以六國古文寫成，屬古文經。

《左傳》記事歷十二代君主，計二百五十五年，較《春秋》本經多出十三年。其擅於描寫史事，兼雜諸多史料，常可與《易經》、《詩經》交互參看，以得實證。文字簡練，卻能記述紛繁的歷史事件，亦爲先秦時期文學價值極高的散文名著。

【課文】

秋，龍見於絳①郊。魏獻子問於蔡墨曰：「吾聞之，蟲莫知於龍，以其不生得也，謂之知，信乎？」對曰：「人實不知，非龍實知。古者畜龍，故國有豢龍氏，有御龍氏。」獻子曰：「是二氏者，吾亦聞之，而不知其故，是何謂也？」對曰：「昔有飂叔安，有裔子②曰董父，實甚好龍，能求其耆欲以飲食之，龍多歸之，乃擾③畜龍，以服事帝舜，帝賜之姓曰董，氏曰豢龍，封諸鬷川，鬷夷氏其後也。故帝舜氏世有畜龍。及有夏孔甲，擾於有帝，帝賜之乘龍，河④、漢⑤各二，各有雌雄，孔甲不能食，而未獲豢龍氏。有陶唐氏既衰，其後有劉累，學擾龍於豢龍氏，以事孔甲，能飲食之。夏后嘉之，賜氏曰御龍，以更豕韋之後。龍一雌死，潛醢⑥以食夏后。夏后饗之，既而使求之。懼而遷於魯縣，范氏其後也。」

獻子曰：「今何故無之？」對曰：「夫物，物有其官，官修⑦其方，朝夕思之。一日失職，則死及之。失官不食。官宿⑧其業，其物乃至。若泯⑨棄之，物乃坻伏⑩，鬱湮不育，故有五行之官，是謂五官，實列受氏姓，封為上公，祀為貴神。社稷五祀，是尊是奉。木正曰句芒，火正曰祝融，金正曰蓐收，水正曰玄冥，土正曰后土。龍，水物也，水官棄矣，故龍不生得。不然，《周易》有之：在〈乾〉䷀之〈姤〉䷫，曰『潛龍勿用』；其〈同人〉䷌曰『見龍在田』；其〈大有〉䷍曰『飛龍在天』；其〈夬〉⑪䷪曰『亢龍⑫有悔』；其〈坤〉⑬䷁曰『見群龍無首，吉』；〈坤〉之〈剝〉⑭䷖曰『龍戰於野』。若不朝夕見，誰能物之？」

【注釋】

①絳：杜預注：「絳，晉國郡。」，晉獻公時遷此，今山西翼城東南。

②裔子：有飂叔安之後代子孫。杜預注：「裔，遠也，玄孫之後爲裔。」

③擾：馴養、馴服。《周禮·夏官·服不氏》：「掌養猛獸而教擾之。」鄭玄注：「擾，馴也。教習使之馴服。」

④河：黃河。古時專指黃河，後引申泛指一般河流。

⑤漢：漢水。
⑥醢：音ㄏㄞˇ，肉醬。此指將龍肉製成肉醬。
⑦修：著述、撰寫。
⑧宿：長久擔任同一官職。杜預注：「宿猶安也。」竹添光鴻《左傳會箋》：「《小爾雅·廣詁》曰：『宿，久也。』言官久於其職業也。下文曰『世不失職』，即官宿其業之義。」
⑨泯：消除，消滅。杜預注：「泯，滅也。」
⑩坻伏：坻音ㄓˇ，又音ㄉㄧˇ。隱伏、潛藏不出。
⑪夬：音ㄍㄨㄞˋ，《易經》卦名。《左傳》不直言《易》卦之「六」、「九」爻，但言所變卦與變卦。〈夬〉卦為〈乾〉卦上九爻之變卦，故用以指涉〈乾〉卦上九爻辭「亢龍有悔」。
⑫亢龍：過於向上而不能下之龍。意謂情勢發展至極限，則須反轉，故曰「亢龍有悔」。
⑬坤：《易經》卦名。〈乾〉、〈坤〉卦為《易經》六十四卦中較為特殊的二卦，在六個爻辭之外，另有一總爻辭，稱「用九」或「用六」。此以〈乾〉卦六爻全變之

〈坤〉卦代指〈用九〉辭「見群龍無首，吉」。

⒁剝：《易經》卦名。此以〈剝〉卦代指坤〈坤〉上六爻辭「龍戰於野」。

【賞析】

世界上究竟有沒有「龍」這種生物？曾經出現過嗎？從本篇來看，好像牠眞的曾經存在，還有人飼養，並爲人所用。實則文章眞正的用意，龍有否出現，以及一堆與龍相關的人名並非本文的重點。春秋晚期，曾經稱霸中原的晉文公駕崩之後，晉國實權逐漸落入韓、魏、趙、范、智、中行六大宗族手中，稱爲六卿，晉昭公之後（西元前五二六年），情形愈益嚴重，六卿明爲輪流輔政，實則暗中培養自己宗族勢力，相互競爭。魯昭公二十八年（西元前五一四年），也就是晉頃公在位十二年，執政的韓宣子告老還鄉，由本文中的魏獻子遞補輔政，因之前，魏獻子在晉國面對北狄的太原之戰中，建議將歷來以車戰爲主的策略，改以自創魏舒方陣的步兵戰術，使得晉國大獲全勝，正式輔政之後，更展現雄才大略，積極改革魏氏宗族的企圖心，奠定日後魏氏三家分晉的基礎。本文完成時代，當時魏獻子已經處於輔政大臣，他聽到社會上眾說紛紜的見龍事件，詢問蔡墨的看法。蔡墨首先就點出「人實不知，非龍實知」關鍵點，蔡墨的意思是，並不是龍有什麼了不起的異能，實在是人不夠靈敏，而人之所以不夠靈敏，歸根究底，是沒有善盡本份，不夠努力的緣故。人類放棄了與生俱來的優勢，只好讓獸類居於主導地位。蔡墨雖然接下來引經據典的舉了一些遠古的例子，讓後輩的讀者眼花撩亂，重點不過就是如能掌握自己的條件，察覺對方的弱點，獸類雖然可怖，但可以轉化成爲服務人類的利器；然而一旦取巧，不走正道，比如劉累，原先的利器，就有可能成爲危害人們的對象。比如文中所謂「夫物物有其官，官脩其方，朝夕思之，一日失職，則死及之。」說的就是由於水官的失職，造成水中生物四處猖獗，之後所付出的人身安全及憂慮，當然就是全民買單，蔡墨想告訴魏獻子這則社會事件背後所反映的意義，就是管理的失當，所以他之後將社會事件中的龍，引申至《易經》各卦當中所指的人君之龍，比喻國家的領導者，在掌握政府機器時，應該具有何種思維，建立什麼樣最適合的管理制度，這些都是在位者必須深思熟慮的管理智慧，管理學在今天二十一世紀，已經是一門重要的專業領域，蔡墨的一席話，距今約當二千多年了，應該可以算得上是當今管理學界的先知吧！

【問題與討論】

一、從蔡墨的口中，我們可以知道「龍」的稀少，可能包含哪些人爲因素？

二、《左傳》爲《春秋》解經，《春秋》本經爲魯國歷史，但魏獻子、蔡墨均爲晉國人，本事亦爲晉國史事，而這樣的記敘方式常見於《左傳》。請問可能有什麼原因導致這個現象出現在《左傳》中？

三、「龍」對中國人而言是非常尊貴的一種生物，試述對於「龍」這種傳說生物的瞭解。

四、試述蔡墨回應魏獻子時所用的論述方式。

三、山海經選

【題解】

本課第一節選自《山海經．大荒東經》，主要描寫海神的形象。第二節選自《山海經．大荒北經》，描述遠古神話人物夸父追日及黃帝大將應龍殺害蚩尤與夸父的故事。具體反映上古人民對於自然神靈的敬畏，以及對遠古神話人物豐富的想像。夸父逐日故事可另參見《山海經．海外北經》、《列子．湯問》等篇。

【作者】

《山海經》乃《山經》和《海經》的合稱。是一部研究中國古代海內外各族人民生活的重要史書。原題爲夏禹、伯益所作，然實際非出於一人一時之手，成書時間約在春秋、戰國間，於秦漢時期又有所附益。全書原有三十二篇，漢時劉歆校書定爲十八篇，後《漢書藝文志》又將其合爲十三篇，晉時郭璞爲《山海經》作注釋，將此書定爲十八卷，今本悉按郭璞所定之卷數。

全書內容記述早期中國海內外山川、道里、部族、物產、歷史人物及這些人物的主要活動。內容多涉及神怪異物，具有濃厚的神話色彩。《四庫全書總目》稱此書爲「小說之最古者」。故該書除保留了我國上古神話資料外，也成爲日後志怪小說的濫觴。

【課文】

大荒東經

東海之渚中，有神，人面鳥身，珥①兩黃蛇，踐兩黃蛇，名曰禺虢。黃帝生禺䝞，禺䝞生禺京，禺京處北海，禺䝞處東海，是惟海神。

大荒北經

大荒之中，有山名曰成都載天。有人珥兩黃蛇，把兩黃蛇，名曰夸父。后土生信，信生夸父②。夸父不量力，欲追日景，逮③之於禺谷。捋④飲河而不足也，將走大澤，未至，死於此。應龍⑤已殺蚩尤⑥，又殺夸父，乃去南方處之，故南方多雨。

【注釋】

①珥：音ㄦˇ，珠玉做的耳飾，這裡指佩帶、懸掛。

②夸父：炎帝之裔，與蚩尤並肩作戰以抗黃帝者也，以不幸兵敗而爲應龍所殺。

③逮：及、至、到達。

④捋：音ㄌㄜˋ，原指用五指持取物品，這裡指用手捧水。

⑤應龍：神名，龍形而有翼。《山海經．大荒東經》：「應龍處南極，殺蚩尤與夸父」。

⑥蚩尤：傳說中古代九黎族首領。驍勇善戰、勢力強大，在涿鹿與黃帝交戰時，因兵敗被殺。

【賞析】

西漢司馬遷在《史記．大宛傳》說：「至《禹本紀》、《山海經》所有怪物，余不敢言之也！」唐朝杜佑也認爲：「《禹本紀》、《山海經》不知何代之書，恢怪不經。夫子刪詩書後，尙奇者先有其書。如詭誕之言，必後人所加也。」直到宋朝，胡應麟都還說：「山海經，古今語怪之祖。」可見《山海經》常被視爲「荒誕不羈」之書，但如果說，希臘羅馬神話是西方文學的起源，那麼《山海經》可以算得上是中華民族的神話故事，在儒家思想尙未定於一尊的時代，早期先民對於周遭世界的認識、環境的感受，以及對大自然生態的解釋，都可以從這本書中找出一些線索，比如本課第一則所選的內容，就是當時人們對於所謂海神的想法，時人以爲大海當中各自有神明控管，這些海神都是黃帝的子孫，文中已有對海神形貌的描述，兼及人名譜系，可見這些代代口耳相傳的民間傳說，至春秋戰國時代，已經累積出一個大概的輪廓。第一則故事形容海神是人面鳥身，據一九七一年，中國大陸湖南長沙市原本要建造醫院工程，未料挖掘的過程中，卻意外的發現了西漢時期長沙國丞相利蒼家的墓穴，後經考古學專家的整理，陸續出土的文物成爲上世紀最重要的考古發現。其中利蒼之妻辛追夫人的內棺上平放著一幅T形帛畫，內容分成上、中、下三段，分別描繪了天上人間及地府神話，最下面的幽冥地獄，是一巨人站立在兩條大魚的大海之上，巨人左右有兩條大蛇，可以與本篇課文相印證。春秋戰國時代是歷史上的周朝，史稱東周，學者也考證出，周民族以姬水爲姓，所信奉的姬水之神，就是後來演變成中華民族的共同始祖——黃帝，黃帝自然而然的就成爲水神或海神之祖，而這些水神或海神，之所以形象怪異，其實乃源自於古人對於信仰神明的認知，是先從生活周遭敬畏的動植物開始，之後隨著知識的演進，再逐漸轉變成半人半獸的形體，最後演化成人類的英雄或神仙，第一則課文只見海神形貌，沒有完整的故事性，可見對於海神的傳說，還停留在不斷衍生的階段。

第二則的內容相對第一則，故事性比較完整，可見記錄的年代較第一則晚，「夸父逐日」是上古時期著名的神話故事之一，這則故事的意義後來被解釋成「人無法與天爭」的意義，在浩瀚的大自然面前，人們只是滄海之一粟，儘管故事裡的夸父已經較常人更具神異特性，仍然無法與自然爭鬥，日影、雨師（應龍）都勝過他，今天的人類，相較古人，擁有更尖端的現代科技，但這些科技對於自然環境的傷害，相形之下，當然是更甚於古人，因此大自然的反撲，力道亦遠大於往昔，兩千多年前的神話故事，不知可否再令今人有重新深思的可能。

【問題與討論】

一、試論你想像中海神的形象為何？讀過《山海經．大荒東經》後，你認為先民對海神的形象為何如此記載？

二、你認為《山海經．大荒北經》裡夸父追日的原因或是意義可能為何？

三、試論《山海經．大荒北經》夸父到底是追日而渴死？或是被應龍殺死？或是夸父之死尚有可議之處？為何有這種歧義？

四、南朝詩選

宋·謝靈運遊赤石進帆海

【題解】

此詩在自然的寫景記遊中體現出作者自身曠達恬適、怡然自得之情，並隱含了先秦諸子哲理。

「赤石」在永嘉郡南永寧（今浙江永嘉）與安固（今浙江里安）二縣之東南，瀕今日的溫州灣。題意似爲遊覽赤石，進而揚帆海上。

本詩的重點在作者倦遊赤石之後，揚帆於海情狀，見到溟海無涯，帶出心境猶如輕舟憑虛淩空的轉變。游赤石應僅是開場引子。

【作者】

謝靈運（西元三八五～四三三年），小名爲「客」，世稱「謝客」。浙江會稽始寧人。東晉謝玄之孫，爲魏晉南北朝著名詩人，主要成就在於山水詩，開啓中國文學史上的一大詩派。因襲封康樂公，又稱謝康公、謝康樂、謝公，與另一位著名詩人「小謝」謝朓並稱爲「大謝」。

靈運因對仕途心懷憤恨，故寄情於山水，開創後世山水詩先河，並受同期玄言詩影響，其詩作常透露出樂天安命，將老莊哲理融入詩句中。謝靈運曾自稱：「天下才有一石，曹植才高八斗，天下人共一斗，我獨佔一斗。」可知他對於曹植的崇拜及對自身的才華自傲。

其著作有《晉書》、《謝靈運集》等，但多散佚。明代李獻吉等由《文選》、《樂府詩集》及各類書中輯佚出謝靈運的作品，並由焦竑刊刻爲《謝康樂集》。

【課文】

首夏①猶清和，芳草亦未歇。水宿淹晨暮，陰霞屢興沒②。

周覽倦瀛壖③，況乃④陵⑤窮髮⑥。川后⑦時安流，天吳⑧靜不發。

揚帆採石華⑨，掛席⑩拾海月⑪。溟漲⑫無端倪⑬，虛舟有超越。
仲連⑭輕齊組⑮，子牟⑯眷魏闕。矜名⑰道不足，適己物可忽。
請附任公⑱言，終然謝天伐⑲。

【注釋】

① 首夏：夏季之始，指農曆四月。三國魏曹丕《槐賦》：「伊暮春之既替，即首夏之初期。」

② 興沒：消失，遮蓋之意。

③ 瀛壖：海岸、海濱之意。瀛，海，音ㄧㄥˊ；壖，岸也，指緣海、河邊地，音ㄖㄨㄢˊ。

④ 況乃：亦作「况乃」、「況廼」。恍若、恍然、好像之意。

⑤ 陵：此有凌越、橫渡之意。

⑥ 窮髮：《莊子．逍遙遊》：「窮髮之北冥海者，天池也。」唐朝成玄英疏：「地以草爲毛髮，北方寒沍之地，草木不生，故名窮髮。」窮髮乃指荒遠之地。

⑦川后：即河伯，安流為水流平穩，沒有風浪，謝靈運此處運用屈原《楚辭》當中《九歌·湘君》：「使江水兮安流」，與曹植《洛神賦》中：「川后靜波」之意。

⑧天吳：水神名。《山海經·海外東經》中描述朝陽之谷神即為天吳，是為水伯，其八首人面，虎身十尾。

⑨石華：海味名，亦作「石花」。附生於海中石上的甲殼類水生動物。肉可食，殼如牡蠣，可裝飾戶牖。唐朝李善注引《臨海水土物志》：「石華附石，肉可啖，」，《文選》錄晉朝郭璞《江賦》：「土肉石華」，李善注亦略同。

⑩掛席：亦作「挂席」。猶掛帆、揚帆之意。形容升帆遠航。

⑪海月：《文選》錄晉朝郭璞《江賦》：「王珧海月」，唐朝李善注引《臨海水土物志》：「海月，大如鏡，白色，正圓，常死海邊，其柱如搔頭大。」是海月即指貝類也。

⑫漲溟：指溟海和漲海，此處為航行海上之意。

⑬端倪：在此指涯際、邊際之意。

⑭仲連：即為魯仲連。戰國時齊人。助田單反攻侵齊的燕軍，立功後而不受封爵，隱匿於海濱，高蹈不仕。見《史記》卷八三本傳。

⑮齊組：齊國授予的官錄爵位。組，指繫官印的絲帶，意爲冠纓或印綬，在此代爲封爵。

⑯子牟：即魏公子牟。戰國時人。因受封於中山，也稱中山公子牟。曾說：「身在江海之上，心居魏闕之下。」後常用作比喻心存朝廷的典實。《莊子·讓王》：「中山公子牟謂瞻子曰：『身在江海之上，心居魏闕之下，奈何？』」。

⑰矜名：引用《後漢書·袁術傳》：「術雖矜名尚奇，而天性驕肆，尊己陵物。」之意，亦即誇耀自己名聲。

⑱任公：指太公任，相傳爲春秋時人。其典源於《莊子·山木》：「孔子圍於陳蔡之間，七日不火食。太公任往弔之曰：『直木先伐，甘井先竭。子其意者飾智以驚愚，脩身以明汙，昭昭乎如揭日月而行，故不免也。』」，意指假如道業周行於天下而不彰揚，德行遍行於四海而不自居，即可免於禍亂。

⑲天伐：即「直木先伐」之意。意指生命還未順其自身發展，即受外物侵害。

【賞析】

謝靈運是東晉謝氏家族之後，一生仕宦背景大多處於南朝政權遞嬗的權利鬥爭當中。東晉安皇帝義熙元年（西元四〇六年），二十歲的他即首度出任，時晉朝已屬風雨飄搖之際，朝庭實權落入大臣手中，派系林立，靈運爲人聰慧穎悟，因看不慣大臣無所不用其極的明爭暗鬥，仕宦之途屢屢遭人排擠陷害。義熙二年（西元四〇七年），外調爲撫軍將軍、及豫州刺史劉毅記室參軍。不幸的是，義熙八年（西元四一三年），劉毅反劉裕，最後兵敗自殺，謝靈運返京任秘書丞，因此面臨更直接的政治鬥爭。後劉裕逼東晉最後一位恭皇帝退位，於西元四二〇年自立爲帝，國號宋，刻意打擊東晉舊臣，靈運爵位由公改降爲康樂縣侯。永初三年（西元四二二年），武皇帝劉裕駕崩，遺詔由徐羨之等大臣輔政，靈運素與羨之不合，遂於南宋少帝景平元年（西元四二三年）即位之初，被徐等以「構煽異同，非毀執政」等罪名，外調至浙江爲永嘉太守，逐出朝庭權利核心，本詩即作於此時。全詩由景入情，可以感受到他因政治上的不如意，故寄情海景，以謝絕功名安慰自己，一來頤養性情，二來也可避免殺身之禍。本詩先點出出遊的地點及時令，次寫乘船而出，暮宿海上之所見，「川后時安流，天吳靜不發。揚帆採石華，掛席拾海月。溟漲無端倪，虛舟有超越。」爲對仗運用技巧，渲染出海上氣勢壯闊之景。最後以海景聯想至古代曾在海上隱居的魯仲連及公子牟，詩人以「輕」、「眷」二字，對兩人作出反差的評價，這當中也可以看出他的人生觀及志節。最後以悟出聖人在陳蔡遭困時的太公任之說，勉勵自己「適己物可忽」，說服自己要認同太公任對名利虛妄的批判，才能優游徜徉於天地大自然間。

後人評謝靈運的詩，如南朝齊梁時期鍾嶸的《詩品》曾云：「名章迥句，處處間起；曲麗新聲，絡繹奔發。」《南史．顏延之傳》載：「延之嘗問鮑照己與靈運優劣，照曰：『謝五言如初發芙蓉，自然可愛』」。清朝沈德潛比較謝靈運與陶淵明詩云：「陶詩合下自然，不可及處，在眞在厚。謝詩經營而反於自然，不可及處，在新在俊。陶詩勝人在不排，謝詩勝人正在排。」（《說詩晬語》卷上）謝靈運一生桀驁不馴，才情洋溢，深明太公任之言卻未能記取前賢智慧，導至仕宦坎坷，不意在詩的成就上大放異彩，留下不朽的地位，本詩即是最好例證之一。

齊．謝朓　和劉西曹望海臺詩

【題解】

謝朓詩歌創作風格善於模山範水，以山水詩見長，寫景與抒情融合。

他因於政治漩渦之中浮沉，目睹官場的險惡和現實的黑暗，因此常常透過作品，藉由對山川美景的描摹，透露出對於仕途的憂擾和生活的悶苦。此詩是謝朓和友人劉西曹濱海之遊而作。前段描繪出海天一色，山影、雲霧飄渺，海鳥參差飛過雲梢。後直抒胸臆，說出遠離宦海，擾攘事務的怡然自得。

【作者】

謝朓（西元四六四～四九九年）字玄暉，因與劉宋謝靈運爲同一世族，世稱「小謝」，爲竟陵八友之一。陳郡陽夏人（今河南太康）。謝朓曾官宣城太守，終尙書吏部郎，故又世稱「謝宣城」、「謝吏部」。

其爲南朝齊代表詩人，現存詩二百多首，詩多描寫山水景色，風格清新秀逸，完全擺脫了魏晉玄言詩的舊習，因齊朝武帝執政年號爲「永明」，沈約強調寫詩應講究四聲、避免八病、強調應遵守聲韻、格律、詩風等三項原則者，則稱爲「永明體」，謝朓詩亦屬「永明體」風格，有《謝宣城集》傳世。

【課文】

滄波不可望，望極與天平，
往往孤山映，處處春雲生，
差池①遠鴈沒，颯沓②群鳧③驚。
罾塵及簿領④，棄舍出重城⑤。
臨川徒可羨，結網庶⑥時營。

【注釋】

①差池：在此意爲參差、不齊貌。如《詩·邶風·燕燕》：「燕燕于飛，差池其羽。」
②颯沓：音ㄙㄚˋ ㄊㄚˋ，南朝劉宋鮑照曾有《舞鶴賦》：「颯遝矜顧，遷延遲暮。」「颯遝」爲盤旋之意，此處做象聲詞，形容樂聲繁作。在此意爲群飛的樣子，衆盛的樣子。
③鳧：水鳥，俗稱「野鴨」。明朝李時珍《本草綱目》：「鳧，東南江南海湖泊中皆

有之，數百為群。晨夜蔽天而飛，聲如風雨，所至稻粱一空。」音ㄈㄨˊ。

④簿領：謂官府記事的簿冊或文書。

⑤重城：有戰略意義的重要城市。在此指宮城、都城。

⑥庶：也許，大概之意。

【賞析】

南朝文學家謝眺，出身世家大族，寫詩一向精於聲律對仗和寫景狀物的技巧，本詩中「差池」、「颯沓」就是巧用聲律技巧的例證。與謝眺交情甚篤，也是南朝著名的文史學家沈約，便十分佩服謝朓的五言詩，曾讚其詩作為：「二百年來無此詩。」南朝梁武帝蕭衍亦曾說：「三日不讀謝（朓）詩，便覺口臭。」唐代大詩人杜甫李白對他也都有非常高的評價，李白著名詩《宣州謝眺樓餞別校書叔雲》就有「蓬萊文章建安骨，中間小謝又清發。」兩句，杜甫也曾於《寄岑嘉州》時有「謝朓每詩篇堪誦」的推崇。本詩前半段寫海上遠望之景，形象生動，栩栩如生，後半段從雲海轉往人海書寫，從大自然的群景引發人事塵囂之慨，最後兩句引用漢代揚雄《河東賦》：「雄以為臨川羨魚，不如歸而結網。」兩句，表達在南齊骨肉相殘的政權中，宦海生宦海生涯的體悟，可惜詩人最終「庶」之一字，顯然尚未眞正領略，後南齊東昏侯永元元年（西元四九九年），始安王蕭遙光集衆欲合謀篡奪東昏侯蕭寶卷的帝位，謝脁拒絕參與其事，竟至遭誣陷被害，死時年僅三十六歲。

【問題與討論】

一、試比較《遊赤石進帆海》、《和劉西曹望海臺詩》兩首詩的心境變化。

二、《游赤石進帆海》、《和劉西曹望海臺詩》兩首詩皆屬於山水詩，試比較其對景物觀察之視角有何不同。

三、試分析《游赤石進帆海》之文體結構。

五、唐詩選

唐·李白　登高丘而望遠

【題解】

此爲李白南遊吳越，登高臨海，因物起興、藉景諷諭之作。題目由首句得。作者瀕海而望，興發古越地神話傳說，引出後段之「銀臺金闕如夢中，秦皇漢武空相待」。總合越地故事，旨在以歷史上耽溺神仙長生之說的兩個君王——秦始皇、漢武帝，諷刺晚年喜聽方士邪說的唐明皇，其追求長生不老的舉措耗民竭財，其實到頭來都如「鼎湖飛龍」一般，虛無飄緲。

【作者】

李白，字太白，號青蓮居士。生於唐武后長安元年（西元七〇一年），卒於肅宗寶應元年（西元七六二年）。祖籍隴西。據《新唐書》與李白詩文自敘，其爲興聖皇帝（涼武昭王李暠）九世孫，因滅族而搬至西域，至武后時方還。但《舊唐書》記載，李白之父李客爲任城尉。《輿地廣記》則云綿州彰明縣（今四川江油縣）有李白碑，稱李白先祖嘗流雋州（今湖北通城縣一帶），後內遷入彰明，於彰明縣青蓮鄉生李白，並依此爲其號。

李白十歲即通詩書百家。十五歲時作《與韓荊州書》：「十五好劍術，徧干諸侯」；《贈張相鎬》則云：「十五觀奇書，作賦凌相如」。二十歲善擊劍、好任俠，常手刃敵人，輕財重施。賀知章見其文，嘆爲：「謫仙人」。文武兼備，才學廣博。晚年時，因曾爲永王李璘幕僚，後永王觸怒肅宗，李白連坐得罪。幸賴郭子儀力保，得流徙夜郎（今貴州桐梓一帶），途中獲赦，乃漂泊於江南一帶。末，奔依族叔當塗（今安徽馬鞍山）縣令李陽冰，病逝寓所。

李白有「詩仙」、「詩俠」、「酒仙」等美稱，存詩近千首，擅用誇張和譬喻手法，以豐富想像表現奔放熱烈的感情，語言清新俊逸，明朗活潑。《新唐書·杜甫傳》曰：「甫少與李白齊名，時號『李杜』」。有《李太白集》傳世。

【課文】

登高丘，望遠海。
六鼇①骨已霜，三山流安在。
扶桑②半摧折，白日沈光彩。
銀臺金闕如夢中，秦皇漢武空相待。
精衛③費木石，黿鼉④無所憑。
君不見驪山茂陵⑤盡灰滅，牧羊之子來攀登。
盜賊劫寶玉，精靈竟何能。
窮兵黷武今如此，鼎湖⑥飛龍安可乘。

【注釋】

①六鼇：鼇音ㄠˊ，又寫做「鰲」。神話中負載仙山的六隻大龜。《列子．湯問》：「渤海之東不知幾億萬里，有大壑焉，實惟無底之谷，其下無底，名曰歸墟。八紘九野之水，天漢之流，莫不注之，而無增無減焉。其中有五山焉：一曰岱輿，二曰員嶠，三曰方壺，四曰瀛洲，五曰蓬萊。其山高下周旋三萬里，其頂平處九千里。山之中閒相去七萬里，以爲鄰居焉。……五山之根無所連箸，常隨潮波上下往還，不得蹔峙焉。仙聖毒之，訴之於帝。帝恐流於西極，失群仙聖之居，乃命禺彊使巨鼇十五舉首而戴之。迭爲三番，六萬歲一交焉。五山始峙而不動。」

②扶桑：神木名，古相傳扶桑在東海外，乃日出之地。屈原《離騷》：「飲余馬於咸池兮，總余轡乎扶桑。」郭璞《注》曰：「扶桑，木也。」郝懿行《箋疏》：「扶當爲。《說文》云：桑，神木，日所出也。」後代指太陽。

③精衛：上古傳說中的神鳥。原爲炎帝么女女娃，在東海溺水死，死後化身爲精衛鳥，常至西山銜木石塡東海以平憤恨。《山海經．北山經》：「又北二百里，曰發鳩之山，其上多柘木。有鳥焉，其狀如烏，文首、白喙、赤足，名曰精衛，其鳴自詨。是炎帝之少女名曰女娃，女娃游於東海，溺而不返，故爲精衛。常銜西山之木石，以堙於東海。」。

④黿鼉：音ㄩㄢˊ ㄊㄨㄛˊ。傳說周穆王爲伐越以黿鼉爲橋樑，黿鼉爲巨鱉和豬婆龍（揚子鱷）。《竹書記年》：「（周穆王）三十七年，大起九師，東至於九江，架黿鼉以爲梁。遂伐越，至於紆。荊人來貢。」

⑤驪山茂陵：驪山，秦始皇葬於此，在今陝西臨潼縣東南。茂陵，漢武帝陵墓，在今陝西興平縣東北。此二者均指素有武功之帝王陵寢，用以諷刺其窮兵黷武是爲求仙升道、長命百歲，而今盡付一抔黃土。

⑥鼎湖：荊山（今河南靈寶縣閿鄉南）下，相傳爲黃帝鑄鼎乘龍飛仙處。《史記・封禪書》：「黃帝采首山銅，鑄鼎於荊山下。鼎既成，有龍垂胡䫇下迎黃帝。黃帝上騎，羣臣後宮從上者七十餘人，龍乃上去。餘小臣不得上，乃悉持龍䫇，龍䫇拔，墮，墮黃帝之弓。百姓仰望黃帝既上天，乃抱其弓與胡䫇號，故後世因名其處曰鼎湖，其弓曰烏號。」

【賞析】

《登高丘而望遠》這首詩是李白年青時，離開故鄉，開始漫遊增廣見聞之作，他南遊吳越，登高臨海，賦詩而爲，內容流露的，盡是對社會國家無限的抱負。首二句即以應題起始，詩人站立在高處，所見自然遼闊，接下來四句兩兩相對，道盡古代神仙之說的不可信，而這些看來虛無飄邈的傳說，卻爲秦皇漢武兩大霸主深信不疑，諷刺的是，信賴神仙方士之說的霸主們，不要說無法長生不死，連生前起造的墓穴都無法久存，不過只是小小一頭羊兒的誤入，瞬間就灰飛煙滅了，究竟什麼才是永恆？什麼才算不朽？這些窮兵黷武的皇帝所關切的，只是個人的榮華富貴，若大的功業，也不過是建立在百姓們的血汗犧牲上，心胸如此有限，怎麼還能有資格夠飛仙昇天，成爲永活的萬物神？本詩表面看似託古，實爲諷今，寫的是秦皇漢武，影射的卻是當時玄宗開元後期的鬆弛國政，玄宗不能借鑒前人，最後只落得安史之亂，國家元氣大傷，眞是應驗了詩人最後所說的：「窮兵黷武今如此，鼎湖飛龍安可乘。」。

唐・孟浩然　歲暮海上作

【題解】

本詩作於孟浩然四十三歲冬（玄宗開元十九年，西元七三一年），描寫詩人見歲月流逝、人事代謝，自己並無爲於人世，只能任憑輕舟隨意飄蕩，一心隱逸。作者用遠渡星河的「乘槎人」及隱者所居的「滄州」典故，暗示自己追求隱居之道的目標。故宋代劉須溪讚歎說：「奇壯淡蕩少許自足。」

【作者】

孟浩然，名浩，字浩然，早年以詩自適，隱居鹿門山，故號鹿門處士。以字行。生於武后永昌元年（西元六八九年），卒於玄宗開元二十八年（西元七四〇年），襄陽（今湖北襄陽）人，又稱「孟襄陽」。

孟浩然爲盛唐前期詩人，玄宗時曾試圖入京取仕，但應試未果，亦不得「終南捷徑」，無緣於仕途。晚年時，嘗爲荊州長史張九齡招致幕府，但不久後返故居；開元二十八年（西元七四〇年），王昌齡遊襄陽訪孟浩然，「時浩然疾疹發背，且癒」卻因歡甚而縱情宴飲，導致孟浩然疾發逝世。

孟浩然是少數唐詩名家終生幾無半職而隱居山林者，故詩以自然之風、田園逸趣見長，卻難脫對於仕宦的嚮往與渴慕。知名詩作有《過故人莊》、《春曉》等篇。詩集有《孟浩然集》，收詩二百六十三首。詩與王維齊名，並稱「王孟」。

【課文】

仲尼既已沒，余亦浮於海。
昏見斗柄①回，方知歲星改。
虛舟任所適，垂釣非有待。
為問乘槎②人，滄洲復何在。

【注釋】

①斗柄：指北斗七星第五至七的玉衡、開陽、遙光三顆星，因狀似酒斗之柄，故稱「斗柄」。

②乘槎：乘坐竹、木筏。晉張華《博物志》卷十：「舊說雲天河與海通。近世有人居海渚者，年年八月有浮槎去來，不失期，人有奇誌，立飛閣於查上，多賚糧，乘槎而去。十餘日中，猶觀星月日辰，自後茫茫忽忽，亦不覺晝夜。去十餘日，奄至一處，有城郭狀，屋舍甚嚴。遙望宮中多織婦，見天丈夫牽牛渚次飲之。牽牛人乃驚問曰：『何由至此？』此人具說來意，並問此是何處，答曰：『君還至蜀郡訪嚴

君平則知之。』竟不上岸，因還如期。後至蜀，問君平，曰：『某年月日有客星犯牽牛宿。』計年月，正是此人到天河時也。」

【賞析】

孔子曾說：「道不行，乘桴浮於海。」（《論語·公冶長》）因此孟浩然才在一開頭即寫「仲尼既已沒，余亦浮於海」，換言之，現在的詩人也是處於「道不行」的階段，時光流逝，年復一年，看不到的遠景，使得詩人對未來也不抱任何期待，所以「虛舟任所適，垂釣非有待。」人間既不可期，海上不知可有容身之處？全詩表現出無所依歸，失落惆悵之感。

唐·元稹　采珠行

【題解】

本詩寫於元和十二年（西元八一七年）。描寫由於對珍珠的需求過大，造成珠民大量採補，以致無珠可採的自然破壞。

《舊唐書·地理志》記載，唐太宗貞觀六年（西元六三二年）時，下令於合浦郡置「珠池縣」，以示對珍珠採集的看重。由於上位者的提倡，採珠風行，造成沿海「珠逃不見」的現象。唐高宗永徽六年（西元六五五年）曾下令停止貢珠，以利珠貝休養生息。但玄宗天寶年間，又應大臣請求下令採進；唐懿宗咸通四年（西元八六三年）甚至下旨完全取消採珠禁令，珠貝的生態全因採集而破壞殆盡。

元稹有感於此，遂做此樂府古題，以悼對自然難復之感傷。

【作者】

元稹，字微之，洛陽（今河南洛陽）人。生於代宗大曆十四年（西元七七九年），文宗大和五年（西元八三一年）卒，北魏鮮卑族拓跋部後裔。八歲喪父，隨生母鄭氏赴鳳翔（今陝西寶雞、岐山、麟遊、扶鳳、郿縣、周至等市），依倚舅族。貞元九年（西元七九三年）以明經擢第。授校書郎，次年開始作詩。歷河中府、書判拔萃科、才識兼茂明于體用科、監察御史等。後因得罪權貴，貶官江陵府士曹參軍、通州司馬、虢州長史。長慶二年（西元八二二年），任工部侍郎同平章事。居位三月，爲李逢吉所傾，出爲同州刺史，歷浙東觀察使、尚書左丞、武昌軍節度使，卒於鎭。

元稹長於艷詩和悼亡詩，李肇《唐國史補》卷下：「元和以後，爲文筆則學奇詭於韓愈，學苦澀於樊宗師；歌行則學流盪於張籍；詩章則學矯激於孟郊，學淺切於白居易，學淫靡於元稹，俱名爲元和體。」有《元氏長慶集》、《小集》，皆不傳。與白居易交好，且共同提倡「新樂府運動」，並稱「元白」。

【課文】

海波無底珠沉海，采珠之人拚①死采。
萬人拚死一得珠，斛②量買婢人何在。
年年采珠珠避人。今年采珠由海神。
海神采珠珠盡死，死盡明珠空海水。
珠為海物海屬神，神今自采何況人。

【注釋】

①拚：拚命，豁出去。

②斛：量詞。十斗一斛，後改作五斗一斛。唐朝劉恂《嶺表錄異》：「綠珠井在白州雙角山下。昔梁氏之女有容貌，石季倫爲交趾使，以眞珠三斛買之。梁氏之居，舊井存焉。」

【賞析】

佛經故事有龍宮藏寶，魏晉時期受佛教東傳影響，時人也認爲大海當中寶物無窮，明珠即是其一，唐朝元稹的《采珠行》，就是形容唐人采珠的描寫。這首樂府詩，不斷重複著「采珠」、「海神」、「死」等字眼，一般就會認爲是壞詩，但是當中刻畫百姓爲了生活，不惜冒著生命危險拚死采珠的模樣，十分生動。由於「萬人拚死」才得一珠，可見海中明珠的寶貴，致使連海神也來與民爭利（「今年采珠由海神」），而由於海神的法力無邊，又是大海的主人，采珠的能力當然勝過陸地人們，但是無止境的采珠，最後只會落得「死盡明珠空海水」，本詩寫出人們對大海資源的貪婪，連神明也來參一腳，任意的撈捕，破壞大自界的生態平衡，以現今的科技發達，還有可能造成生態的污染，環保在二十一世紀，已經是全球關心的議題，重視海洋生態，也是人們聚焦的話題，安史之亂後，大唐榮景已一去不復返，軍閥割據，民生凋敝，人們爲求生存而不顧及其他，本詩即是見證中唐社會貧富不均的文學寫照。

【問題與討論】

一、一般對於李白的認識尚屬逍遙自任、我行我素，再細閱本詩以及李白生平，對於李白又可產生什麼樣的認識？

二、試問孟浩然對於隱居的看法是什麼？你覺得孟浩然是否眞心想隱居？爲什麼？

三、由本詩可知元稹與白居易的「新樂府運動」有著什麼樣的特色？

六、柳毅（節選）

唐・李朝威

【題解】

本文節選自唐代中期長篇傳奇小說《柳毅》。描述下第書生柳毅爲訪舊人路經涇陽，見龍女不豫，知其受盡婆家屈辱，復仗義代爲傳信予其父洞庭龍王。而龍女叔父錢塘龍王聞事震怒，興兵討伐涇川龍王。伐畢後，洞庭龍王意欲延柳毅爲龍女夫，柳毅辭謝，返回人間，娶有二妻，皆亡。終以龍女報恩、柳毅、柳毅族人得入仙籍等大團圓做結。全文約五千字，本文乃節錄龍女冒五姓女嫁柳毅爲妻並有子嗣止。

【作者】

李朝威，生平不詳，新、舊《唐書》均無傳。《柳毅》文本最末「隴西李朝威敘而嘆曰」，知其爲隴西人，與李公佐、李復言並稱「隴西三李」。又其活動時間，文中有「至開元末，毅之表弟薛嘏爲京畿令，謫官東南。經洞庭……毅因出藥五十丸遺嘏，曰：『此藥一丸，可增一歲耳。……』殆四紀，嘏亦不知所在。」自唐開元後數五十之年（或四十八，一紀十二年），當在貞元中。查《新唐書·宗室世系表》中，蜀王李湛（李淵弟）六世孫有「李朝威」，亦貞元前後人，或爲作者。

李朝威《柳毅》文出宋初官修大型類書《太平廣記》卷四一九《異聞集》，一名《洞庭靈姻傳》。後因《廣記》所題「柳毅」增「傳」字，亦作《柳毅傳》傳世。

【課文】

儀鳳中，有儒生柳毅者，應舉下第①，將還湘濱。念鄉人有客於涇陽②者，遂往告別。至六七里，鳥起馬驚，疾逸③道左。又六七里，乃止。見有婦人，牧羊於道畔。毅怪視之，乃殊④色也。然而蛾臉⑤不舒，巾袖無光，凝聽翔立⑥，若有所伺⑦。毅詰⑧之曰：「子何苦而自辱如是？」婦始楚而謝，終泣而對曰：「賤妾不幸，今日見辱問於長者！然而恨貫肌骨，亦何能媿避？幸一聞焉。妾，洞庭龍君小女也。父母配嫁涇川次子。而夫壻樂逸，為婢僕所惑，日以厭薄⑨。既而將訴於舅姑⑩。舅姑愛其子，不能禦⑪。迨⑫訴頻切，又得罪舅姑。舅姑毀黜⑬以至此。」

言訖⑭，歔欷⑮流涕，悲不自勝。又曰：「洞庭於茲，相遠不知其幾多也？長天茫茫，信耗莫通。心目斷盡，無所知哀。聞君將還吳，密通洞庭。或以尺書，寄託侍者，未卜⑯將以為可乎？」毅曰：「吾義夫也。聞子之說，氣血俱動，恨無毛羽，不能奮飛，是何可否之謂乎！然而洞庭，深水也。吾行塵間，寧可致意耶？唯恐道塗顯晦，不相通達，致負誠託，又乖懇願。子有何術，可導我邪？」女悲泣且謝，曰：「負載珍重，不復言矣。脫獲回耗⑰，雖死必謝。君不許，何敢言。既許而問，則洞庭之與京邑，不足為異也。」毅請聞之。女曰：「洞庭之陰，有大橘樹焉，鄉人謂之社橘。君當解去茲帶，束以他物。然後叩樹三發，當有應者。因而隨之，無有礙矣。幸君子書敘之外，悉以心誠之話倚托，千萬無渝⑱！」毅曰：「敬聞命矣。」女遂於襦間解書，再拜以進。東望愁泣，若不自勝。

毅深為之戚，乃置書囊中，因復問曰：「吾不知子之牧羊，何所用哉，神祇豈宰殺乎？」女曰：「非羊也，雨工也。」「何為雨工？」曰：「雷霆之類也。」數顧視之，則皆矯顧⑲怒步，飲齕⑳甚異，而大小毛角，則無別羊焉。毅又曰：「吾為使者，他日歸洞庭，幸勿相避。」女曰：「寧止不避，當如親戚耳。」語竟，引別東去。不數十步，迴望女與羊，俱亡㉑所見矣。

其夕，至邑而別其友。月餘，到鄉還家，乃訪於洞庭。洞庭之陰㉒，果有社橘。遂易帶向樹，三擊而止。俄㉓有武夫出於波間，再拜請曰：「貴客將自何所至也？」毅不告其實，曰：「走謁大王耳。」武夫揭水止路，引毅以進。謂毅曰：「當閉目數息㉔，可達矣。」毅如其言，遂至其宮。始見臺閣相向，門戶千萬，奇草珍木，無所不有。夫乃止毅，停於大室之隅，曰：「客當居此以伺㉕焉。」毅曰：「此何所也？」夫曰：「此靈虛殿也。」諦㉖視之，則人間珍寶，畢盡於此。柱以白璧，砌以青玉，牀以珊瑚，簾以水精，雕琉璃於翠楣，飾琥珀於虹棟。奇秀深杳，不可殫㉗言。

然而王久不至。毅謂夫曰：「洞庭君安在哉？」曰：「吾君方幸㉘玄珠閣，與太陽道士講《大經》，少選當畢。」毅曰：「何謂《大經》？」夫曰：「吾君，龍也。龍以水為神，舉一滴可包陵谷。道士，乃人也。人以火為神聖，發一燈可燎阿房㉙。然而靈用不同，玄化各異。太陽道士精於人理，吾君邀以聽。」言語畢而宮門闢㉚。景㉛從雲合，而見一人，披紫衣，執青玉。夫躍曰：「此吾君也！」乃至前以告之。君望毅而問曰：「豈非人間之人乎？」毅對曰：「然。」毅而設拜，君亦拜，命坐於靈虛之下。謂毅曰：「水府幽深，寡人暗昧，夫子不遠千里，將有為乎？」毅曰：「毅，大王之鄉人也。長於楚，遊學於秦。昨下第，間驅涇水右涘，見大王愛女牧羊於野，風鬟雨鬢，所不忍視。毅因詰之，謂毅曰：『為夫壻所薄，舅姑不念，以至於此。』悲泗淋漓，誠怛㉜人心。遂托書於毅。

毅許之，今以至此。」因取書進之。洞庭君覽畢，以袖掩面而泣曰：「老父之罪，不診堅㉝聽，坐貽聾瞽㉞，使閨窗孺弱，遠罹㉟搆害。公，乃陌上人也，而能急㊱之。幸被齒髮㊲，何敢負德！」詞畢，又哀咤良久。左右皆流涕。時有宦人密侍君者，君以書授之，令達宮中。須臾，宮中皆慟哭。君驚，謂左右曰：「疾告宮中，無使有聲，恐錢塘所知。」毅曰：「錢塘何人也？」曰：「寡人之愛弟，昔為錢塘長，今則致政矣。」毅曰：「何故不使知？」曰：「以其勇過人耳。昔堯遭洪水九年者，乃此子一怒也。近與天將失意，塞其五山。上帝以寡人有薄德於古今，遂寬其同氣之罪。然猶縻繫㊳於此，故錢塘之人，日日候焉。」

語未畢，而大聲忽發，天拆地裂。宮殿擺簸㊴，雲煙沸湧。俄有赤龍長千餘尺，電目血舌，朱鱗火鬣㊵，項掣㊶金鎖，鎖牽玉柱。千雷萬霆，激繞其身，霰雪雨雹，一時皆下。乃擘㊷青天而飛去。毅恐蹶仆地。君親起持之曰：「無懼，固無害。」毅良久稍安，乃獲自定。因告辭曰：「願得生歸，以避復來。」君曰：「必不如此。其去則然，其來則不然。幸為少盡繾綣。」因命酌互舉，以欵人事。俄而祥風慶雲㊸，融融怡怡，幢節㊹玲瓏，簫韶㊺以隨。紅粧千萬，笑語熙熙㊻。後有一人，自然蛾眉，明璫㊼滿身，綃縠㊽參差。迫㊾而視之，乃前寄辭者。然若喜若悲，零淚如絲。須臾紅煙蔽其左，紫氣舒其右，香氣環旋，入於宮中。君笑謂毅曰：「涇水之囚人至矣。」君乃辭歸宮中。須臾，又聞怨苦，久而不已。

有頃，君復出，與毅飲食。又有一人，披紫裳，執青玉，貌聳神溢，立於君左。君謂毅曰：「此錢塘也。」毅起，趨拜之。錢塘亦盡禮相接，謂毅曰：「女姪不幸，為頑童所辱。賴明君子信義昭彰，致達遠冤。不然者，是為涇陵之土矣。饗㊿德懷恩，詞不悉心。」毅撝(51)退辭謝，俯仰唯唯(52)。然後回告兄曰：「向者辰發靈虛，巳至涇陽，午戰於彼，未還於此。中間馳至九天，以告上帝。帝知其冤，而宥(53)其失。前所譴責，因而獲免。然而剛腸激發，不遑辭候，驚擾宮中，復忤賓客。愧惕慚懼，不知所失。」因退而再拜。君曰：「所殺幾何？」曰：「六十萬。」「傷稼乎？」曰：「八百里。」「無情郎安在？」曰：「食之矣。」君憮然曰：「頑童之為是心也，誠不可忍，然汝亦太草草。賴上帝顯聖，諒其至冤。不然者，吾何辭焉。從此以去，勿復如是。」錢塘復再拜。

是夕，遂宿毅於凝光殿。明日，又宴毅於凝碧宮。會友戚，張廣樂，具以醪醴㊹，羅以甘潔㊺。初，笳角㊻鼙㊼鼓，旌旗劍戟，舞萬夫於其右。中有一夫前曰：「此《錢塘破陣樂》。」旌鉟傑氣，顧㊽驟悍慄。坐客視之，毛髮皆豎。復有金石絲竹，羅綺珠翠，舞千女於其左。中有一女前進曰：「此《貴主還宮樂》。」清音宛轉，如訴如慕，坐客聽之，不覺淚下。二舞既畢，龍君大悅。錫㊾以紈綺㊿，頒於舞人。然後密席貫坐，縱酒極娛。酒酣，洞庭君乃擊席而歌曰：「大天蒼蒼兮，大地茫茫。人各有志兮，何可思量。狐神鼠聖兮，薄社依牆。雷霆一發兮，其孰敢當。荷真人兮信義長，令骨肉兮還故鄉，齊言慚愧兮何時忘！」洞庭君歌罷，錢塘君再拜而歌曰：「上天配合兮，生死有途。此不當婦兮，彼不當夫。腹心辛苦兮，涇水之隅。風霜滿鬢兮，雨雪羅襦。賴明公兮引素書，令骨肉兮家如初。永言珍重兮無時無。」錢塘君歌闋，洞庭君俱起，奉觴於毅。毅踧踖[61]而受爵，飲訖，復以二觴奉二君。乃歌曰：「碧雲悠悠兮，涇水東流。傷美人兮，雨泣花愁。尺書[62]遠達兮，以解君憂。哀冤果雪兮，還處其休。荷和雅兮感甘羞。山家寂寞兮難久留。欲將辭去兮悲綢繆。」歌罷，皆呼萬歲。洞庭君因出碧玉箱，貯以開水犀；錢塘君復出紅珀盤，貯以照夜璣，皆起進毅。毅辭謝而受。然後宮中之人，咸以綃綵珠璧，投於毅側。重疊煥赫，須臾[63]埋沒前後。毅笑語四顧，愧揖不暇。洎酒闌歡極，毅辭起，復宿於凝光殿。

翌日，又宴毅於清光閣。錢塘因酒，作色[64]，踞[65]謂毅曰：「不聞猛石可裂不可捲，義士可殺不可羞耶？愚有衷曲，欲一陳[66]於公。如可，則俱在雲霄；如不可，則皆夷糞壤。足下以為何如哉？」毅曰：「請聞之。」錢塘曰：「涇陽之妻，則洞庭君之愛女也。淑性茂質，為九姻所重。不幸見辱於匪(67)人，今則絕矣。將欲求託高義，世為親戚。使受恩者知其所歸，懷愛者知其所付，豈不為君子始終之道者？」毅肅然而作，欻然(68)而笑曰：「誠不知錢塘君孱困(69)如是！毅始聞跨九州、懷五嶽，泄其憤怒；復見斷鎖金，掣玉柱，赴其急難。毅以為剛決明直，無如君者。蓋犯之者不避其死，感之者不愛其生，此真丈夫之志。奈何蕭管方洽，親賓正和，不顧其道，以威加人？豈僕之素望哉！若遇公於洪波之中，玄山之間，鼓以鱗鬚，被以雲雨，將迫毅以死，毅則以禽獸視之，亦何恨哉。今體被衣冠，坐談禮義，盡五常之志性，負百行之微旨，雖人世賢傑，有不如者。況江河靈類乎？而欲以蠢然之軀，悍然之性，乘酒假氣，將迫於人，豈近直哉！且毅之質，不足以藏王一甲之間。然而敢以不伏之心，勝王不道之氣。惟王籌(70)之！」錢塘乃逡巡(71)致謝曰：「寡人生長宮房，不聞正論。向者詞述狂妄，唐突高明。退自循顧，戾不容責。幸君子不為此乖間可也。」其夕，復飲宴，其樂如舊。毅與錢塘，遂為知心友。

明日，毅辭歸。洞庭君夫人別宴毅於潛景殿。男女僕妾等，悉出預會。夫人泣謂毅曰：「骨肉受君子深恩，恨不得展媿戴，遂至睽別⑫。」使前涇陽女當席拜毅以致謝。夫人又曰：「此別豈有復相遇之日乎？」毅其始雖不諾錢塘之請，然當此席，殊有歎恨之色。宴罷辭別，滿宮悽然。贈遺珍寶，怪不可述。毅於是復循途出江岸，見從者十餘人，擔囊以隨，至其家而辭去。

毅因適廣陵寶肆，鬻其所得。百未發一，財已盈兆。故淮右富族，咸以為莫如。遂娶於張氏，亡。又娶韓氏，數月，韓氏又亡。徙家金陵。常以鰥曠⑬多感，或謀新匹⑭。有媒氏告之曰：「有盧氏女，范陽人也。父名曰浩，嘗為清流宰。晚歲好道，獨遊雲泉，今則不知所在矣。母曰鄭氏。前年適清河張氏，不幸而張夫早亡。母憐其少，惜其慧美，欲擇德以配焉。不識何如？」毅乃卜日就禮。既而男女二姓，俱為豪族，法用禮物，盡其豐盛。金陵之士，莫不健仰。

居月餘，毅因晚入戶，視其妻，深覺類於龍女，而逸豔豐厚，則又過之。因與話昔事。妻謂毅曰：「人世豈有如是之理乎？然君與余有一子。」毅益重之。既產逾月，乃穠飾換服，召親戚相會。

【注釋】

①下第：科舉考試未錄取。

②涇陽：今陝西省中部，涇河下游北岸。古稱山之南面、水之北岸因有日直射，故曰「陽」。反之曰「陰」。

③疾逸：急奔。

④殊：特別的，此言龍女面貌妍麗。

⑤蛾臉：美麗的臉龐。蛾黛指雙眉，《詩・衛風・碩人》：「螓首蛾眉，巧笑倩兮。」以自然界美麗的昆蟲比喻女子相貌出眾。

⑥翔立：原地不動。

⑦伺：等待。
⑧詰：詢問。
⑨薄：不尊重。
⑩舅姑：古指公婆。《禮記・內則》：「婦事舅姑，如事父母。」
⑪禦：禁止、管束。《周禮・秋官・司寤氏》：「禦晨行者，禁宵行者。」
⑫迨：等到。《詩經・召南・摽有梅》：「求我庶士，迨其吉兮。」
⑬黜：放逐。
⑭訖：完畢、終了。
⑮歔欷：悲泣抽噎。《楚辭・東方朔・七諫・自悲》：「泣歔欷而霑衿，厭白玉以為面兮。」
⑯卜：知道。此做敬語，表示「有事請託，不曉得是否可以」。
⑰回耗：回音。
⑱渝：改變。《詩經・鄭風・羔裘》：「彼其之子，舍命不渝。」
⑲矯顧：高舉。通「撟」。陶淵明《歸去來辭》：「策扶老以流憩，時矯首而遐觀。」

⑳齕：音ㄏㄜˊ，嚼食。
㉑亡：通「無」，沒有。《論語・八佾》：「夷狄之有君，不如諸夏之亡也。」
㉒陰：水濱之南稱「陰」。
㉓俄：音ㄜˊ，須臾、片刻。說文解字：「俄，頃也。」
㉔數息：一下子。
㉕伺：等待。《後漢書・張衡傳》：「振聲激揚，伺者因此覺知。」
㉖諦：仔細、詳細。
㉗殫：音ㄉㄢ，竭盡、完全。
㉘幸：駕臨、在。
㉙阿房：音ㄜ ㄈㄤˊ，阿房宮，秦代宮殿。在陝西省長安縣西北，秦始皇時造，築於上林苑內。秦亡，項羽放火焚之。
㉚闢：開。
㉛景：通「影」，指侍從如雲影跟隨簇擁。
㉜怛：音ㄉㄚˊ，使悲痛、憂傷。
㉝堅：不清楚。

㉞聾瞽：音ㄌㄨㄥˊ ㄍㄨˇ，聾指「聾子」，瞽指「瞎子」。此言昏昧不明。
㉟罹：遭逢。
㊱急：救急。
㊲齒髮：牙齒與頭髮，此指年齡或謙稱自身。
㊳縻繫：音ㄇㄧˊ，拘禁。
㊴簸：音ㄅㄛˇ，搖動。
㊵鬣：音ㄌㄧㄝˋ，鬍鬚，此指獸頭上的長毛。
㊶掣：音ㄔㄜˋ，牽引、牽動，此指受牽制。
㊷擘：音ㄅㄛˋ，分開、分裂。
㊸慶雲：吉慶之雲，祥瑞之兆。
㊹幢節：旗幟儀仗。
㊺簫韶：舜所制樂。《書・益稷》：「簫韶九成，鳳皇來儀。」此指優美的音樂。
㊻熙熙：形容笑聲。
㊼璫：音ㄉㄤ，戴在耳垂上的珠玉。《曹植・洛神賦》：「無微情以效愛兮，獻江南之明璫。」

㊽綃縠：絲織縐紗。
㊾迫：接近。《說文》：「迫，近也。」
㊿饗：受用、享用。此指承對方的情。
(51)撝：音ㄏㄨㄟ，表示謙遜。
(52)唯唯：恭敬應諾，此指柳毅客氣地回應錢塘君。
(53)宥：音ㄧㄡˋ，原諒、赦免。
(54)醪醴：音ㄌㄠˊ ㄌㄧˇ，醇酒、甜酒，指各式各樣的酒。
(55)甘潔：美味的食物。
(56)笳角：音ㄐㄧㄚ ㄐㄩㄝˊ，胡製木管吹奏樂器，如今之號角。
(57)鼙：音ㄆㄧˊ，古代軍隊作戰時使用的戰鼓。
(58)顧：看，指在場的觀眾。
(59)錫：通「賜」。賜給。《書·仲虺之誥》：「天乃錫王勇智，表正萬邦。」
(60)紈綺：音ㄨㄢˊ ㄑㄧˇ，質料美好的細絹。
(61)踧踖：音ㄘㄨˋ ㄐㄧˊ，恭敬而不安貌。
(62)尺書：書信。

63 須臾：片刻，一會兒。
64 作色：改變臉色。此指態度突然改變。
65 踞：伸腿而坐。此指錢塘君個性豪放，坐姿豪邁。
66 陳：述說、告訴。
67 匪：強盜賊寇。此指龍女前夫涇陽龍王，是如盜寇一般的匪類。
68 欻然：欻音ㄏㄨ，即「忽然」。
69 孱困：孱音ㄔㄢˊ，態度悲微。
70 籌：再三思量。
71 逡巡：逡音ㄑㄩㄣ，頃刻、立刻。
72 睽別：睽同「暌」。別離、分開。
73 鰥曠：鰥音ㄍㄨㄢ，男子喪妻曰鰥，女子喪夫曰寡。
74 新匹：配偶。

【賞析】

《柳毅》一文反映了諸多唐代中期社會風貌，例如以龍王群爲象徵的藩王風貌，突顯出藩鎮跋扈肆虐的一面；又如龍女締姻，乃基於傳統觀念的門當戶對，婚姻生活的完滿與否並非第一要件，從而衍生龍女不堪的聯姻結果；再如柳毅路見不平，仗義相助，最終獲得美好結局，是對任俠情懷的歌頌，亦表現時人對於豪俠之士的崇拜。

《柳毅》文本敘事通暢，情節緊密，屬唐代傳奇中的長篇佳作。《柳毅》之前，佛經中即有龍女、龍君故事，《水經注·溱水篇注》亦有晉中朝人爲水神傳書事，可知此類典型前有所承。其後，晚唐《靈應傳》水神九娘子自敘家世，亦用柳毅龍女之典；宋代官本雜劇《柳毅大聖樂》、諸宮調《柳毅傳書》、南戲《柳毅洞庭龍女》、雜劇李好古《張生煮海》、明代傳奇黃說仲《龍綃記》、清傳奇李漁《蜃中樓》等，均取材自此。

【問題與討論】

一、若你是柳毅，對於錢塘君的做法認同或不認同？爲什麼？

二、故事結尾是「龍女爲報恩，佯做盧氏女嫁柳毅。柳毅亦因此獲金無數，通達仙道，濡澤族輩……」的大團圓歡喜結局，你認爲作者這樣安排的意義是？若你是作者，又會怎麼編排結局？

三、本文故事結構扣合「現實—理想」的強烈對比，試討論《柳毅》故事中的隱喻與寓意。

七、東海若（節選）

唐·柳宗元

【題解】

本篇選自《柳河東集》，屬寓言式散文。本文為東海若處置兩瓠之寓言故事。該文運用對比手法，表示自己遭受政治迫害的不滿，如同《愚溪對》透過主客問答的方式，闡明自己對於時政腐敗、民生疾苦、有心革除弊端卻遭受打壓的不滿。柳宗元在經歷了政治革新之失敗後，所貶之地均屬荒僻偏遠，為了避免繼續遭到政治迫害，於是採用了較為隱晦的寓言筆法，表明自己不會隨波逐流，也不會因而妥協、屈服在惡劣的環境，傳達出正確取捨的重要性。

【作者】

柳宗元，字子厚。生於唐代宗大曆八年（西元七七三年），卒於唐憲宗元和十四年（西元八一九年），年四十七。祖籍河東解縣（今山西省永濟縣），世稱柳河東。

柳宗元自幼聰穎機警，文才過人，德宗貞元九年（西元七九三年）擢進士第。十四年，登博學鴻辭科，授集賢殿正字。後出任藍田尉，又調回中央擔任監察御史里行。順宗永貞元年（西元八〇五年），參與王叔文、韋執誼等人推動之政治革新，擢昇爲禮部員外郎。不久，革新失敗，先被貶爲邵州（今湖南省邵陽縣）刺史，赴任未至，改貶爲永州（今湖南省零陵縣）司馬。憲宗元和十年（西元八一五年），改任爲柳州（今廣西省柳州市）刺史。四年內政績卓著，後病逝於柳州，故又稱柳柳州。

柳宗元重視文學的教化功能，主張「文者以明道」。爲文雄深矯健，兼論儒佛道。傳記、遊記、寓言、議論等古文作品尤爲精奇峻潔。其詩風格清峭，以山水詩意境幽遠，情景交融深具藝術價值。與韓愈共同提倡古文運動，兩人並稱爲「韓柳」。著有《柳河東集》。

【課文】

東海若陸游，登孟豬之阿，得二瓠焉。剞而振其犀①以嬉，取海水雜糞壤蟯蚘②而實之，臭不可當也。窒以密石，舉而投之海。逾時焉而過之曰：「是故棄糞耶？」其一徹聲而呼曰：「我大海也！」東海若呀然笑曰：「怪矣！今夫大海，其東無東，其西無西，其北無北，其南無南。旦則浴日而出之，夜則滔列星、涵太陰、揚陰火珠寶之光以為明，其塵霾之雜不處也，必泊之西澨，故其大也、深也、潔也、光明也，無我若者。今汝，海之棄滴也，而與糞壤同體，臭朽之與曹，蟯蚘之與居。其狹咫也，又冥暗若是，而同之海，不亦羞而可憐哉！子欲之乎？吾將為汝抉石破瓠，盪群穢於大荒之島，而同子於向之所陳者可乎？」

糞水泊然③不悅曰：「我固同矣，吾又何求於若？吾之性也，亦若是而已矣。穢者自穢，不足以害吾潔；狹者自狹，不足以害吾廣；幽者自幽，不足以害吾明。而穢亦海也，狹亦海也，幽亦海也。突然而往，于然而來，孰非海者！子去矣，無亂我！」

其一聞若之言，號④而祈曰：「吾毒是久矣，吾以為是固然不可異也。今子告我以海之大，又目我以故海之棄糞也，吾愈急焉。湧吾沫，不足以發其窒；旋吾波，不足以穴⑤瓠之腹也。就能之窮歲月耳！願若幸而哀我哉！」

東海若乃抉石破瓠，投之孟豬之陸，盪其穢於大荒之島，而水復於海，盡得向之所陳者焉。而向之一者，終與臭腐處而不變也。

【注釋】

①犀：葫蘆的子。《詩經・衛風・碩人》：「手如柔荑，膚如凝脂，領如蝤蠐，齒如瓠犀。」因葫蘆子排列整齊、顏色潔白，故用以比喻美人的牙齒。

②蟯蚘：音ㄖㄠˊ ㄏㄨㄟˊ，「蚘」爲蛔之異體字。即蟯蟲，指容易寄生在人體或動物之大、小腸內之寄生蟲，專門吸取營養，造成人體疾病。

③泊然：鄙薄、鄙視。宋朝韓淲《澗泉日記》：「多以戲而泊之。」

④號：音ㄏㄠˊ，大聲呼叫。

⑤穴：挖鑿。《新五代史・卷三十九・雜傳・劉守光傳》：「能穴地爲道以攻城。」

【賞析】

一個人置身於五光十色的大環境中，應該如何自處？是「衆人皆醉而我獨醒」？還是「衆人皆醉，何不餔其糟而歠其釃？」（《楚辭・漁父》）柳宗元以東海若所持兩瓢，比喻世人有的自居其臭，絲毫不以爲意；有的卻潔身自好，志願回歸清流。本文「東海若」與「瓢」，乃是引用《莊子・秋水》篇中的內容，東海若讓兩瓢知道，眞正的大海是浩瀚無垠，「旦則浴日而出之，夜則滔列星、涵太陰、揚陰火珠寶之光以爲明，其塵霾之雜不處也，必泊之西澨，故其大也、深也、潔也、光明也，無我若者。」而不是兩瓢已經混入雜質的複製海水，生活在瓢中世界的狹隘天地。但世人面對眞理時，有的能即時幡然了悟，有的往往掩耳閉目，表現出逃避及厭煩，柳宗元善用譬喻、對話、反問、象徵等種種文學技巧，形諸世人種種面相，並在嘻笑怒罵中，直指人心的迷思，堪稱唐朝寓言文學的代表作家之一。

【問題與討論】

一、《東海若》文中所描寫的兩瓠形象有強烈的對比，請詳細說明其對比情形。

二、面對兩瓠不同的選擇，你若是東海若，你會如何處理？請說明原因？

三、你認爲柳宗元《東海若》中「穢者自穢，不足以害吾潔；狹者自狹，不足以害吾廣；幽者自幽，不足以害吾明。」指的是什麼？其寫作意義爲何？

八、宋詞選

宋・蘇東坡　八聲甘州①寄參寥子②

【題解】

據宋人胡仔《苕溪漁隱叢話・後集》中有言，「其詞石刻後，東坡自題云『元六年三月六日』。余以東坡年譜考之，元祐四年知杭州，六年召爲翰林祐學士承旨，則長短句蓋此時作也」。當時應爲元豐八年（西元一〇八五年），宋哲宗即位，但因年僅十歲，由太皇太后聽政。由於太皇太后起用舊黨之人，十分器重蘇軾，多有提拔。不過，蘇軾論事忠直，與舊黨不能盡合，加以當時朝廷之內更有洛黨、蜀黨、朔黨之爭，蘇軾對此感到十分厭倦，故多次上書請求外任。

元祐四年（西元一〇八九年）三月，蘇軾得以就任杭州知州。兩年後，又被召還朝，時年五十五歲。這首詞就是當時所作，抒發了他歷經坎坷後了悟人生的深沉感慨。然而，詞題中所提到的「參寥子」，即僧人道潛，以精深的道義和清新的文筆爲人推崇，是蘇軾平生交誼甚深的一位方外友人。

【作者】

蘇軾（西元一〇三七～一一〇一年），北宋文學家、書畫家。字子瞻，又字和仲，號東坡居士。眉州眉山（今屬四川）人。與父蘇洵，弟蘇轍合稱三蘇。他在文學藝術方面堪稱全才。其文汪洋恣肆，明白暢達，與歐陽修並稱歐蘇，爲唐宋八大家之一；詩清新豪健，善用誇張比喻，在藝術表現方面獨具風格，與黃庭堅並稱蘇黃；詞開豪放一派，對後代很有影響，與辛棄疾並稱蘇辛；書法擅長行書、楷書，能自創新意，用筆豐腴跌宕，有天眞爛漫之趣，與黃庭堅、米芾、蔡襄並稱宋四家。著有《蘇東坡全集》和《東坡樂府》等。

【課文】

有情風、萬里捲潮來，無情送潮歸。問錢塘江上，西興浦口③，幾度斜暉。不用思量今古，俯仰昔人非。誰似東坡老，白首忘機④。記取西湖西畔，正春山好處，空翠煙霏⑤。算詩人相得，如我與君稀⑥。約他年⑦，東還海道，願謝公⑧、雅志莫相違。西州⑨路，不應回首，為我沾衣。

【注釋】

①八聲甘州：《八聲甘州》既是詞牌名也是曲牌名。詞牌《八聲甘州》又名《甘州》、《瀟瀟雨》、《宴瑤池》，是從唐教坊大曲《甘州》截取一段改製的，後用爲詞牌。因全詞前後片共八韻，故名八聲，慢詞。

②參寥子：蘇軾在杭州時的一位僧友，能文章，好古詩。

③忘機：泯除心機，比喻心境清靜淡泊之意。

④浦口：江河與支流的匯合處。《戰國策・秦策》：「還爲越王禽於三江之浦」。係指河入江之所。

⑤煙霏：煙霧迷茫的樣子。

⑥稀：少見、難得。

⑦約他年：乃用《晉書·謝安傳》之典故，「安雖受朝寄，然東山之志始末不渝，每形於色」。於此蘇軾有自比謝安之用意。

⑧謝公：意指謝安。謝安（西元三二〇～三八五年），字安石，號東山，東晉政治家。浙江紹興人，祖籍陳郡陽夏（今中國河南省太康）。歷任吳興太守、侍中兼吏部尚書兼中護軍、尙書僕射兼領吏部加後將軍、揚州刺史兼中書監兼錄尙書事、都督五州、幽州之燕國諸軍事兼假節、太保兼都督十五州軍事兼衛將軍等職，死後追封太傅兼廬陵郡公。世稱謝太傅、謝安石、謝相、謝公。

⑨西州：東晉京都建康之西州城。

【賞析】

唐教坊大曲有《甘州》，雜曲有《甘州子》，是唐邊塞曲，因以邊塞地甘州爲名。《八聲甘州》是從大曲《甘州》截取一段改製的。因全詞前後片共八處押韻，故名八聲。本詞押韻處爲「歸」、「暉」、「非」、「機」、「霏」、「稀」、「違」、「衣」等。釋道潛，號參寥子，北宋名僧，受業於治平寺，於內外典無不寮，能文章，與蘇軾相善，神宗熙寧十年四月，蘇軾任徐州知州時，參寥曾專程從餘杭前去拜訪；神宗元豐二年（西元一〇七九年），由於「烏臺詩案」，蘇軾被貶黃州，參寥再度不遠二千里，至黃州與蘇軾相遊；哲宗元祐六年（西元一〇九一年），蘇軾由杭州太守被召爲翰林學士承旨，從杭州奉調回京，本篇是他在離開杭州前送給摯友參寥的詞作。參寥以後在蘇軾南遷嶺海時，仍打算往訪，經蘇軾去信力加勸阻才罷，兩人友誼之深，由此可見。

這闋詞景中有情，情在景中，由今入昔，直追胸臆，前半段開頭以錢塘潮的潮起潮落，寫人生幾次大起大落中，只有與參寥的友情尚未被潮水帶走，在浦口黃昏，與參寥一同觀潮的夕陽景緻中，這樣的互動，還能到哪裡尋訪？（「算詩人相得，如我與君稀」）這樣的相處，難道不是被貶黃州所得最好的禮物？雖然，此時的東坡將從貶謫黃州升調回京，但看盡人情世事的他，卻是忘卻任何機心，沒有升遷之喜，「他」還是原來的他，五十五歲的東坡仍然與十七年前一樣，「用舍由時，行藏在我」（作於仁宗熙寧四年《沁園春》）因此東坡說「不用思量今古，俯仰昔人非」，爲下片的「約他年，東還海道」預做鋪墊。

下片內容仍以景起始，東坡要參寥記住兩人同在西湖春山覽翠的時日，人事雖有變化，記憶卻是歷久彌新的，最後他以東晉謝安的典故，與好友許下歸隱山林的承諾，因此他要好友等待他「東還海道」的「雅志」，表明自己會善自珍重，不會像東晉的謝安歸隱未成，讓羊曇過西門而慟哭。

【問題與討論】

一、試論該首詞之格律與韻腳？

二、試論蘇軾以「錢塘江潮」隱喻何事？

三、蘇軾歷經官場風波之後，將以何種態度面對？

宋・李清照　漁家傲①夢記

【題解】

此詞當為李清照南渡後的詞作。詞中寫出夢中海天迷濛的景象以及與天帝的問答。其中隱寓對南宋黑暗社會現實的失望，還有個人對理想境界的追求和嚮往。李清照浪漫的筆法，夢遊的方式，通過與天帝問答，藉以寄託自己的情思，景象壯闊，氣勢磅礡。這就是被評家譽爲「無一毫粉釵氣」的豪放詞，在其詞作中是較少見的。

【作者】

李清照（西元一〇八四～一一五五年）號易安居士，齊州章丘（今屬山東濟南）人，以詞著稱，有較高的藝術造詣。父李格非爲當時著名學者，夫趙明誠爲金石考據家。李清照早期生活優渥，與其夫婿趙明誠共同致力於書畫金石的搜集整理。爾後金兵入據中原，李清照隨夫南渡。但夫婿病死，李清照境遇孤苦。是故其所作詞，前期多寫其悠閒生活；後期多悲歎身世，情調感傷，形成反差。形式上善用白描手法，自闢途徑，語言清麗。論詞強調協律，崇尚典雅、情致。著有《易安居士文集》、《易安詞》已散佚。後人有《漱玉詞》輯本。

【課文】

天接雲濤連曉霧，星河欲轉千帆舞。彷佛夢魂歸帝所②。聞天語，殷勤問我歸何處？

我報路長嗟日暮，學詩謾有驚人句。九萬里風鵬正舉。風休住，蓬舟吹取三山去！

【注釋】

①漁家傲：此詞為北宋年間流行歌曲，始見於北宋晏殊，因詞中有「神仙一曲漁家傲」句，便取「漁家傲」三字作詞名。雙調六十二字，上下片各四個七字句，一個三字句，每句皆須用韻。

②帝所：天帝所居之處。

【賞析】

海天最後會連成一線，是因為「透視點」的作用，兩條平行線最後會交錯於眼睛能看到無窮遠處的一個點，以簡單的例子而言，就是站在鐵軌上往前看，鐵軌最後會消失在一個點上。物體所處的三度空間當中，便會有本身三個透視點，因為人腦中的成像，應該是取決於眼睛平視出去的視線，以上這些理論，古人當然是不懂，但是文人可以用美麗的詞藻，描繪出單調理論所形成的效果，李清照一詞首先即以「接」、「連」、「轉」、「舞」，刻畫出海天一線的氣勢磅礴。眼前勝景，彷彿置身夢境般遙不可及，前半段從實景開出虛境，場景自海、天、帝所一路扶搖直上，恰與下半段「九萬里風鵬正舉。風休住，蓬舟吹取三山去」互相呼應。天帝殷勤詢問，看似他問，實則是詞人自問自答，以詞明志，雖然因靖康之難，避禍南來，但孤獨無依，除了嗟歎，更無他法。學詩雖然有所成就，但空有才華，有志難伸，再加上夫君趙明誠已逝，人間已不可爲，最後引用《莊子・逍遙遊》之例，期待借大風之力，將乘坐於蓬舟的自己吹向無憂無慮的仙鄉之地。

【問題與討論】

一、試論此詞之格律與韻腳？
二、試論此詞之寫作技巧？
三、試論李清照欲藉此詞表達之心境？

九、宋詩選

宋・柳永　煮海歌

【題解】

柳永此首《煮海歌》深刻的描述海濱鹽民的鹵鹽過程及艱困無奈的生活，並揭露北宋當時的官僚、商賈殘酷剝削的社會現實。

《煮海歌》層次井然，開頭即說明不事耕織的鹽民，僅以艱辛的「煮海」爲業，接著再引出鹽民在官租私租逼迫下，過著困苦生活。最後以寓諷諫之意作結，全詩結構謹嚴。

【作者】

柳永（約西元九八七～一〇五三年），原名三變，字景莊，後改名永，字耆卿。家中排行第七，世稱柳七。崇安（今福建武夷山）人。仁宗景祐元年（西元一〇三四年）進士。官至屯田員外郎，故又稱柳屯田。柳永還當過定海曉峰鹽場的監鹽官。關於柳永監定海曉峰鹽場之史事，《方輿勝覽》、《乾道四明圖經》、《寶曆四明志・昌國縣誌》、《大德昌國州圖志》等均有記載。柳永曾自稱：「奉旨塡詞柳三變」，並自詡爲「白衣卿相」。其懷才不遇，爲人放蕩不羈，終身潦倒，卒於潤州。

他的詞作多爲慢詞，擅長白描，內容多城市風光和歌妓生活。曲盡委婉，情景交融，其詞作在當時流傳極爲廣泛。至於詩作部分，據北京大學所編《全宋詩》收錄，柳永詩僅存三首，其中本篇《煮海歌》描寫鹽民生活，頗爲痛切。有《樂章集》傳世。

【課文】

煮海之民何所營，婦無蠶織夫無耕。

衣食之源太寥落，牢盆煮就汝輸征①。
年年春夏潮盈浦，潮退刮泥成島嶼。
風乾日曝鹽味加，始灌潮波塯②成鹵③。
鹵濃鹽淡未得閒，採樵深入無窮山。
豹蹤虎跡不敢避，朝陽出去夕陽還。
船載肩擎未遑歇，投入巨灶炎炎熱。
晨燒暮爍堆積高，才得波濤變成雪。
自從瀦鹵至飛霜④，無非假貸充餱糧⑤。
秤入官中充微值，一緡往往十緡償。
周而復始無休息，官租未了私租逼。
驅妻逐子課工程，雖作人形俱菜色。
鬻⑥海之民何苦辛，安得母富子不貧。
本朝一物不失所，願廣皇仁到海濱。

甲兵⑦淨洗征輪輟，君有餘財罷鹽鐵。
太平相業爾⑧惟鹽，化作夏商周時節。

【注釋】

①輪征：意指納稅之意。

②塯：把涼了的熟食品再蒸熱。塯通「餾」，音為ㄌㄧㄡˊ。

③鹵：製鹽時剩餘的黑色汁液，味苦有毒。又稱「鹽鹵」。

④飛霜：在此形容鹽粒是白色的。柳永借六朝張融描述煮海為鹽：「漉沙構白，熬波出素，積雪中村，飛霜暑路。」之詩句。

⑤餱糧：乾糧、食糧。餱同「糇」，意為乾糧，音ㄏㄡˊ。

⑥鬻：賣。有賣~為生之意。

⑦甲兵：披甲的士兵。亦指軍隊。

⑧爾：此為用典。《尚書·說命》：「若作和羹，爾惟鹽。」鹽味鹹，梅味酸，是古時作羹湯的調味品。殷高宗曾將賢相傅說比作鹽、梅，柳永在詩中藉以言宰相作用的重要。

【賞析】

古代羅馬與印度，都曾實施過鹽業政府專賣，我國遠自春秋時代，靠海的齊國，就在管仲執政時曾制定「官山海」策略，將食鹽列爲國家管制品，使得齊國國富民強，桓公成爲春秋諸國最早奪得霸主的國君。戰國時期的商鞅也仿效之，在秦國推行所謂「一山澤」政策，以上都是軍閥割據的年代，個別國家的經濟政策。到了西漢初期，政治上實施無爲而治，朝廷對於民間經濟發展大多採取放任，民間商人因看重政府對外戰爭與日常生活所需，在煉鐵與製鹽上，獲取非常多的利潤，造成商賈勢力的抬頭；再加上吳王劉濞因與朝廷有所嫌隙，遂於封國內大量鑄造錢幣，積極推動煮鹽工程，擴張個人勢力，儼然「國外有國」，漢武帝欲將財富收歸國家控管，遂聽從桑弘羊的建議，實行「鹽鐵專賣」政策，將鹽和鐵收歸國家經營，不許私人買賣。國家設鹽官三十多處，由政府委託商人承包，煮鹽工具由朝廷提供，製成品再課以重稅，至此代代相承。出身官宦世家的柳永，才華洋溢，但卻常因出言不遜而得罪高層，仕途坎坷，北宋仁宗皇祐元年（西元一〇四九年），柳永被貶官至浙江定海縣出任曉峰鹽場的監督官，他長期觀察鹽場百姓煮鹽過程的艱辛，於是寫下這首迥異於他的詞風作品的《煮海歌》，開頭四句領起全詩，以「煮海」爲業，引出下面煮鹽艱辛的描寫；接著再道出鹽民在官租私租的層層剝削下，過著苦難生活的一段。最後八句是作者對鹽民生活的議論：「安得母富子不貧」一句是以母子喻官府和人民，寄望宰相像《尚書·說命》所說：「若作和羹，爾惟鹽梅」，也就是說治國就像烹飪，宰相即為調味的作料，只要宰相找到高明賢能之人，恢復夏商周的三代治世，才能指日可待。那時，鹽民便能安居樂業了，頗具嘲諷意味。（可參閱「百度百科·煮海歌」）

【問題與討論】

一、試析柳永《煮海歌》之結構層次。

二、柳永最後句「甲兵淨洗征輪輟，君有餘財罷鹽鐵，太平相業爾惟鹽，化作夏商周時節」，說出他認為「宰相」只要負起「洗甲兵」、「罷鹽鐵」、推廣「皇仁」的責任，社會就會太平安樂，如同夏禹湯周文王時代那樣的理想時世。你認為然否？為什麼？

宋·陸游　航海（一）

【題解】

陸游畢生創作大量作品，其中歌詠山川湖海則占最多數。藉著對波瀾壯闊的山海形象細膩刻畫，錘鍊而歸於自然的筆觸，情景交融，托物言志地抒發了陸游主張抗金主戰的豪情壯志和深厚的愛國情操。

【作者】

陸游（西元一一二五～一二一〇年），字務觀，號放翁。越州山陰人（今浙江紹興）。後世推舉他爲南宋詩人之冠，與尤楙、楊萬里、范成大並稱「南宋四大詩人」。

陸游畢生作詩衆多，今存九千餘首，詩作的思想核心，貫穿了氣吞殘虜的愛國之情，撻伐南宋主和派政權苟安偷生，反映人民生活現實，風格豪邁雄放，此外也有清新恬適之作，咀嚼出生活雋永深刻的滋味。著有《劍南詩稿》、《渭南文集》、《南唐書》、《老學庵筆記》。

【課文】

我老臥丘園，百事習慵惰，惟有汗漫遊，未語意先可。
或掛風半帆，或貯雲一舸，趁潮亂鳴櫓，過磧①細扶柁，
近輒淩煙海，自笑一何果。邂逅得奇觀，造物豈付我？
古湫石②蜿蜒，孤島松磊砢③。湘竹閟娥④祠，淮怪深禹鎖，
鬼神駭犀炬⑤，天地赫龍火。瑰奇窮萬變，鯤鵬尚麼麼⑥。
紛紜旋或忘，追記今亦頗⑦。作詩配齊諧⑧，發子笑齒瑳⑨。

【注釋】

①磧：淺水灘中之砂石。磧，音ㄑㄧˋ。
②湫石：「湫」意在此爲地勢低窪的水潭。「湫石」疑爲水潭中之石塊。湫，音ㄐㄧㄠˇ。
③砢：形容衆多的樣子。「磊砢」有魁礨、衆小石頭之意。砢，音ㄎㄜ。
④閟娥：嫺靜仕女。

⑤犀炬：疑爲犀牛角所作成之蠟炬。相傳點燃此種蠟炬可見鬼神。炬，音ㄐㄩˋ。

⑥麼麼：細微的樣子。

⑦頗：在此有偏邪、不公正之意。頗，音ㄆㄛ。

⑧齊諧：人名。另一說爲古時記載奇聞逸事的書籍。後世多以「齊諧」之名指志怪之書以及敷演此類故事的戲劇。在《莊子・逍遙遊》中有記載：「齊諧者，志怪者也。」

⑨瑳：巧笑狀。在此形容笑而露齒之貌。瑳，音ㄘㄨㄛ。

航海（二）

【題解】

紹興二十九年秋，陸游在福州泛海，因而作成此詩。

在陸游的眼中，用十幅蒲草編成巨帆的船艘在廣闊大海中航行，遠望去就有如一張引而不發的彎弓。洶湧浪濤如同矗立的銀山，風波平靜時，則又像晶瑩的青銅明鏡。覓食的海鳥飛快地掠過船舷翱翔於天地，海底潛游的魚隻躍出海面，亦似要騰空起舞。

全詩充滿浪漫的想像情懷，豪放的擺脫胸中鬱悶，在結尾中表達出追逐理想的偉大操守，優遊踏歌，自在逍遙。

【課文】

我不如列子①，神遊御天風；尚應似安石②，悠然雲海中。臥看十幅蒲③，彎彎若張弓。潮來湧銀山，忽復磨青銅。饑鶻④掠船舷，大魚舞虛空。流落何足道，豪氣蕩肺胸。歌罷海動色，詩成天改容。行矣跨鵬背，弭節蓬萊宮⑤。

【注釋】

①列子：即戰國鄭人列禦寇。相傳列子能御風。《列子》一書又名《沖虛經》、《沖虛眞經》爲中國道家重要典籍之一。原著已佚，今本爲晉人湊雜道家思想而寫成。書中輯錄先秦材料，但由思想內涵分析則是反映魏晉思潮的作品。

②安石：《晉書·謝安傳》卷七十九云：「嘗與孫綽等汎海，風起浪湧，諸人並懼，安吟嘯自若。舟人以安爲悅，猶去不止。風轉急，安徐曰：『如此將何歸耶？』舟

人承言即回。衆咸服其雅量。」

③蒲：疑爲水草類植物。

④鶻：古書上所描述的一種鳥類，短尾，青黑色。《說文》釋爲「鶻鵃」。《玉篇》釋爲「班鳩」。

⑤蓬萊宮：指古代仙人所住之海上宮殿。有世外桃源之意。

【賞析】

南宋由於偏安江南，許多文人表現在文學作品當中，都有氣壯山河的自我鼓勵，陸游這兩首詩也不例外，陸游才情極高，清朝趙翼《甌北詩話》曾有評論：「宋詩以蘇、陸爲兩大家，後人震於東坡之名，往往謂蘇勝於陸，而不知陸實勝蘇也。」對陸游詩作的藝術價値推崇備至。在任官五十餘年當中，他時常往來於江蘇、福建，罷官之後，也幾乎都在故鄉度過，江、浙、閩本爲中國大陸東南沿海諸省，陸游常年在海洋週遭的環境生活，因此寫下爲數不少海洋方面的詩作，本課所選這兩首航海詩，即可看出其詩歌藝術與壯志凌雲的豪情抱負。第一首詩開頭所說的「丘園」，最早見於《易經．賁卦》：「六五，賁於丘園，束帛戔戔。」王肅注：「失位無應，隱處丘園。」孔穎達疏：「丘謂丘墟，園謂園圃。唯草木所生，是質素之所。」後以「丘園」指隱居之處，本詩一開始，即說明詩人心境已老，眼前北伐之志難伸，只有航海漫遊，才能再度喚起對生命的熱忱。接下來詩人描寫在近海航行，受到地質、深度及海岸地形變化較大的影響，相對上增加了許多風險，如淺水區磧石較多，航船時需待漲潮水深，仔細小心搖櫓前進，然後收半帆減低航速，以免船身觸碰石塊，短短兩句「趁潮亂鳴櫓，過磧細扶柁。」寫來十分生動。當船隻進入海面，映入眼簾的廣闊視野，只見煙海聚集、古代湫石蜿蜒如騰龍，又看到東海縣相傳是堯舜年代就有的巨松，以及湘竹閟娥祠，還見識到海面上所有的奇特光芒，就好像龍火一般，耀眼的足以令鬼神爲之驚駭，這些瑰奇萬變的景緻，就算是莊子書中所提到可以振翅高飛九萬里的鯤鵬，跟眼前之景相較，都顯得黯然失色，他決定將這些奇特海景記錄成詩，供友人莞爾一笑吧。（可參考陳清茂：《宋元海洋文學研究》，頁二二四～二二五，國立中山大學中研所博士論文，民國九十九年六月）

第二首詩是陸游較早期的詩作，由於列子貴虛尙玄，修道煉成禦風之術，能夠禦風而行，據說可於春天乘風而遊八荒，作者在第二首則表明自己並非如列子般乘風而行，但是倒可以似東晉的謝安一般，雖在風起雲湧的海面上，仍可吟嘯自若，忘卻塵俗煩惱。在陸游的眼裡，十幅蒲草編成巨帆的船隻，遠遠望去就像是一張待發的彎弓。大海涌起波濤時如同矗立起的高高銀山，風平浪靜的時候，又彷彿是一塊巨大晶瑩的青銅寶鏡。天上覓食的海鳥飛快地掠過船舷，海裡鯨魚在海面跳躍，就像在半空中翩翩起舞。看到以上這些情景，詩人覺得人世之間的不如意，就顯得微不足道，海上的識見鼓舞著詩人恢復豪氣干雲之志，在詩的結尾，陸游又以豪放的情懷，展開浪漫的想像翅膀，他想要跨坐在扶搖直上九萬里的鯤鵬脊背上，去追逐自己的理想，更想要到傳說中的海上神山蓬萊宮，從此優游自在的逍遙過日。

【問題與討論】

一、陸游此兩首航海詩，所表現出的心境有何異同？

二、兩首詩作中，皆以豪氣不羈的筆觸描寫海象遼闊，你認爲作者是純粹遊山玩水之作，亦或隱含愛國精神？爲什麼？

十、嵩山叟

太平廣記卷第十四　神仙十四　嵩山叟

【題解】

《太平廣記》編纂始於太平興國二年（西元九七七年），次年完成，故稱之爲「太平廣記」。全書約五百卷，目錄十卷，內容取材於先秦兩漢至北宋初年的野史筆記、傳奇小說及釋藏、道經等作品，引書三百餘種。引文每條大致皆有注明出處，但因體例不周，資料揉雜，故難免有謬誤之處。

《太平廣記》是我國第一部規模巨大、內容豐贍的古代文言小說總集，其中有不少故事皆已亡佚，故僅能在本書觀其輯文梗概。

全書按題材分九十二類，首曰「神仙」，末曰「雜錄」，中有「異僧」、

「鬼」、「精怪」等，每類又分爲衆小細目。每細目個別故事均標小題，照抄原文一段或數段，並標註原文的出處，以便查核。

本文《嵩山叟》出自於《太平廣記》神仙類。記敘一晉人失足跌落至山壑間隱蔽洞穴中，而發展出奇幻的仙境遊歷故事。

【作者】

《太平廣記》是由宋代李昉、徐鉉等十二人奉宋太宗之旨編纂而成。

李昉，字明遠，深洲饒陽人（今屬河北）。生於唐莊宗同光三年，卒於宋太宗至道二年（西元九二五～九九六年）年，年七十一歲。諡文貞，後因避帝諱，故改諡文正。

李昉著有文集五十卷，又奉敕撰《太平御覽》，《文苑英華》，《太平廣記》等三部類書，卷帙浩繁。

徐鉉，字鼎臣，廣陵人（今屬江蘇揚州）人。生於五代梁末帝貞明二年，卒於太宗淳化二年（西元九一六～九九一年），是文學家、書法家。

與弟徐鍇有文名，精於文字學，世稱「二徐」。徐鉉好談神鬼志怪，著有《徐文

《公集》、《稽神錄》等。

【課文】

嵩山叟，晉時人也。世說云：嵩山北有大穴，莫測其深淺，百姓每歲游觀其上，叟嘗誤墮穴中，同輩冀①其儻不死，投食於穴。墮者得而食之，巡穴而行，十許日，忽曠然見明，有草屋一區。中有二仙對棋，局下有數杯白飲，墮者告以饑渴，棋者與之飲。飲畢，氣力十倍。棋者曰：「汝欲留此否？」答不願停。棋者教云：「從此西行數十步，有大井，井中多怪異，愼勿畏之，必投身井中，自當得出。若饑，可取井中物食之。」如其言入井，中多蛟龍，然見叟輒避其路，於是隨井而行。井中物如青泥而香美，食之了不饑。半年許，乃出蜀青城山②，因得歸洛下。問張舉（明鈔本、陳校本舉作華），舉曰：「此仙館丈夫，所飲者玉漿③，所食者龍穴石髓。子其得仙者乎？」遂尋洞卻往，不知所之。《玄中記》

云：「蜀郡青城山有洞穴，分為三道，西北通崑崙。茅君傳云，青城是第五洞九仙寶室之天，周回二千里，十洞天之一也，入山十里得至焉。」

【注釋】

①冀：此有希望、盼望之意。

②青城山：爲道教名山，有「青城天下幽」之美譽。在四川省都江堰市城西南。山形如城，故名。北接岷山，連峰不絕，以青城爲第一峰。山中有八大洞、七十二小洞，風景秀麗。相傳東漢張道陵修道於此。道教稱爲「第五洞天」。

③玉漿：在此喻爲神話傳說中仙人所喝之飲品。

【賞析】

嵩山位於河南省西部，是五嶽的中嶽，歷來爲佛教的發祥地，也是道教聖地；青城山則位於中國西部四川省都江堰市西南十五公里處，因爲山上樹木茂盛，四季常青，故有此名。東漢順帝漢安二年（西元前一四三年），張陵來此創設「五斗米教」，亦即天師道，爲道教開始，青城山至此成爲道教發源地，本文屬於魏晉時期典型的「仙鄉」故事，結構完整，內容豐富，旨在敘述嵩山叟跌入大穴後的奇異經歷。叟以無心，得以進入奇境，在奇境中，有仙，仙人所飲之水為「玉漿」，井中本來只是有限的空間，但在井中的嵩山叟，卻可以走上整整半年；井中有最恐怖的動物，但卻不會傷害嵩山叟，泥土一般都不可食，嵩山叟吃了卻不感到饑餓。嵩山叟終於回到了洛陽，朋友告訴他應該是遇到了仙人，叟再度想回到原來掉下去的洞穴，卻是如何也找不到。第二度前往洞穴的嵩山叟，他的心情當然與第一次無心掉落穴中完全不同，存了機心，就不可能與仙人結識，早在春秋戰國時期《列子·黃帝》有一篇故事：「海上之人，有好漚鳥者，每旦之海上，從漚鳥遊，漚鳥之至者，百住而不止。其父曰：『吾聞漚鳥皆從汝遊，汝取來吾玩之。』明日之海上，漚鳥舞而不下。」複雜的心思，缺乏真誠的動機，是得不到上天所賜最好的禮物，世間自以為聰明者，往往都是失去最多的人。

【問題與討論】

一、若你是嵩山叟，是否會再回到仙洞中？為什麼？

二、本文遊歷仙境之故事，隱喻當時社會黑暗，人民生活困苦，故希冀逃避現實，心中嚮往能擁有淨土桃花源。試分享你曾經歷過的挫折，並如何從中紓解釋放心靈。

三、史載的魏晉南北朝的社會顛沛流離，人民飽受飢荒之狀與流離之苦，本文是否有藉著飲食仙人玉漿、井中青泥，隱喻對於糧食的依賴，以及對飢餓的恐慌？試述之。

十一、夢粱錄・江海船艦

宋・吳自牧

【題解】

本文旨在描寫「船」於宋代中國南方的重要性。另透過本文，可瞭解宋代以「泉州」爲敘事背景時，中國對外貿易的路線與對象，爲研究宋代經濟、造船科技提供豐富的材料。

【作者】

《夢粱錄》爲著名的宋人筆記。清初學者王士禎《漁洋文略》中有《夢粱錄》跋語，其言：「《夢粱錄》二十卷，不著名氏」。清人王士禎所見抄本，作者吳自牧自序卻脫頁，故不知也。再者，檢《永樂大典》所引，「條條皆題自牧之名，與此本相合」。因此，作者爲吳自牧無疑。然而，《四庫全書總目提要》夢粱錄條，下著錄：

「自牧，錢塘人，仕履未詳。錢塘人仍據《夢粱錄》自序末署『錢塘吳自牧書』。」然而，《中國人名大辭典》吳自牧條只著錄「宋錢塘人，有《夢粱錄》」八字。

【課文】

浙江乃通江渡海之津道，且如海商之艦，大小不等，大者五千料，可載五六百人；中等二千料至一千料，亦可載二三百人；餘者謂之「鑽風」，大小八櫓或六櫓，每船可載百餘人。此網魚買賣，亦有名「三板船」。不論此等船，且論舶商之船。自入海門，便是海洋，茫無畔岸，其勢誠①險。蓋神龍怪蜃②之所宅，風雨晦冥時，惟憑針盤③而行，乃火長④掌之，毫釐不敢差誤，蓋一舟人命所繫也。愚累見大商賈人，言此甚詳悉。若欲船泛外國買賣，則自泉州⑤便可出洋，迤⑥過七洲洋，舟中測水，約有七十餘丈。若經崑崙⑦、沙漠⑧、蛇龍⑨、烏豬⑩等洋，神物多於此中行雨，上略起朵雲，便見龍現全身，目光如電，爪角宛然⑪，獨不見尾耳。頃刻大雨如注，風浪掀天，可畏尤甚。但海洋近山礁則水淺，撞礁必壞船。全憑南針，或有少差，即葬魚腹。自古舟人云：「去怕七洲，回怕崑崙。」亦深五十餘丈。又論舟師，觀海洋中日出日入，則知陰陽；驗雲氣則知風色順逆，毫髮無差。遠見浪花，則知風自彼來；見巨濤拍岸，則知次日當起南風；見電光則雲夏風對閃。如此之類，略無少差。相水之清渾，便知山之近遠。大洋之水，碧黑如澱；有山之水，碧而綠；傍山之水，渾而白矣。有魚所聚，必多礁石，蓋石中多藻苔，則魚所依耳。每月十四、二十八日，謂之「大等日分」，此兩日若風雨不當，則知一旬之內，多有風雨。凡測水之時，必視其底，知是何等沙泥，所以知近山有港。若商賈止到臺、溫、泉、福買賣，未嘗過七洲、崑崙等大洋。若有出洋，即從泉州港口至岱嶼門，便可放洋過海，泛往外國也。其浙江船隻，雖海艦多有往來，則嚴⑫、婺⑬、衢⑭、徽⑮等船，多嘗通津買賣往來，謂之「長船等隻」，如杭城柴炭、木植、柑橘、乾濕果子等物，多產於此數州耳。明、越、溫、臺海鮮魚蟹鮝⑯臘等類，亦上憚通於江、浙。但往來嚴、婺、衢、徽州諸船，下則易，上則難，蓋灘高水逆故也。江岸之船甚夥⑰，初非一色：海舶、大艦、網艇⑱、大小船隻、公私浙江漁捕等渡船、買賣客船，皆泊於江岸。蓋杭城衆大之區，客販最多，兼仕宦往來，皆聚於此耳。

【注釋】

①誠：的確、確實。《史記·卷七十八·春申君傳》：「於是黃歇乃說應侯曰：『相國誠善楚太子乎？』」

②蜃：中國神話傳說的一種海怪，形似大牡蠣（一說是水龍）。能吐氣，並形成爲海市蜃樓。《本草》蜃，蛟之屬，其狀亦似蛇而大，有角如龍狀，紅鬣，腰以下鱗盡逆，食燕子。能吁氣成樓臺城郭之狀，將雨卽見，名蜃樓，亦曰海市。其脂和蠟作燭，香凡百步，烟中亦有樓臺之形。《漢書·天文志》海旁蜃氣象樓臺。

③針盤：清黃鈞宰《金壺浪墨·試行海運》：「大洋中以鍼盤定向，以更香計時」。亦作「鍼盤」、羅盤。

④火長：這裡指指揮船隻航行的人。

⑤泉州：北宋哲宗元二年（西元一〇八七年）泉州始設市舶司，是泉州正式開港的時間。南宋以後有很大發展，改變了過去泉州爲廣州輔助港的地位，與海外通航的國家多達三十餘個，北至朝鮮、日本，南至南洋，西到波斯、阿拉伯半島，均有商船往來。南宋趙汝適《諸蕃志》與元朝汪大淵《島夷志略》均著於泉州，其所記出海航路均以泉州爲起點。元朝末年波斯戍軍在泉州叛亂，對外貿易被迫停止，泉州港從此日趨衰落。

⑥迤：延伸、向。

⑦崑崙：我國古代泛稱今中印半島南部及南洋諸島以至東非之人，爲昆侖。參閱《太平御覽》卷七八六引三國吳萬震《南州異物志》、卷七八八引竺芝《扶南記》、唐義淨《大唐西域求法高僧傳》卷下。

⑧沙漠：宋代亦有一稱爲「千里長沙」，即指今日中沙、西沙群島一帶的洋面。

⑨蛇龍：指今加里曼丹島北岸外一帶的海域。加里曼丹（Kalimantan）是印尼在婆羅洲島南部的屬地，印尼人稱整個婆羅洲島爲加里曼丹島。

⑩烏豬：今廣東上川島東烏豬洲附近之洋面。

⑪宛然：眞切的樣子、清晰的樣子。《關尹子·五鑒》：「譬猶昔遊再到，記憶宛

然，此不可忘，不可遺」。唐李肇《唐國史補》卷上：「山川宛然，原野未改」。

⑫嚴：今浙江建德縣。嚴州宋曰睦州，升爲建德軍節度，改曰嚴州遂安軍節度，咸淳元年，升爲建德府。

⑬婺：今浙江金華縣。婺州宋曰婺州東陽郡，元爲婺州路，明改寧越府，又改爲金華府。

⑭衢：春秋時越姑蔑地，三國吳至隋皆屬東陽郡，唐置衢州，以州有三衢山而名，改曰信安郡，復曰衢州，元改衢州路，明初改龍遊府，尋復曰衢州府，清因之，屬浙江省，治西安縣，民國廢府，改西安曰衢縣。

⑮徽：今中國安徽省歙縣，舊稱徽州，簡稱「徽」。

⑯鮝：泛指成片的醃臘食品。

⑰夥：多。

⑱網艇：艇爲體積小至可被其他船隻裝載的船種，通常航行於內陸水域或沿海地區，機動性強。網艇則是在船上增加捕魚網以利漁獵作業的小船。

【賞析】

本文詳細記錄了南宋時期海商船艦的載重量，以及海上航行指南針的用途，舟師在船上的重要性，以及當時船隻作業的往來貿易。宋代在建國之初，即積極鼓勵海上貿易，採取正面開放的態度，如北宋神宗元豐三年（西元一〇八〇年），頒布〈市舶法〉，建立完善的市舶管理機制，哲宗元祐二年（西元一〇八七年）於泉州設立市舶司，管理泉州對外海商事務，獎掖海舶，迄於南宋，泉州地位更凌駕於廣州之上，《馬可波羅紀行》云：「凡印度之貿易船，來泉州入港者極衆，且輸入香料及其他高價之物品。中國南方商人多來集於此……此港誠可稱爲世界二大貿易港之中一焉。」

我國古代最早是利用太陽及投射的影子來確定方向的，但這種方法受天氣影響較大，後又發明了司南和指南針。司南約發明於先秦時期，大約沿用了一千多年，指南針是在宋代才出現的，大約在北宋末期，指南針開始被運用於航海。起初它只是被當作天文導航的輔助工具。南宋以後指南針便逐步成爲主要的導航儀器，天文導航則降爲輔助的地位。（見大紀元文化網「指南針的發明和應用」http://www.epochtimes.com/b5/1/8/25/c4009.htm）

舟師，最早指的是水軍，如《左傳》襄公二十四年：「楚子爲舟師以伐吳」，北魏酈道元《水經注・洛水》亦云：「義熙中，劉公西入長安，舟師所屆，次於洛陽。」繼而指船夫或舵手，如《新唐書・王義方傳》：「道南海，舟師持酒脯請福。」本文所指當爲第二義。舟師、火長爲全船所賴，文中提到許多這些人在航海時所累積的判讀經驗，堪稱古代氣象學，「若經崑崙、沙漠、蛇龍、烏豬等洋，神物多於此中行雨，上略起朵雲，便見龍現全身，目光如電，爪角宛然，獨不見尾耳。頃刻大雨如注，風浪掀天，可畏尤甚。」由於古人認爲龍主行雲佈雨，本段則是記錄當時人對於海上大雨現象的解釋，南宋時期對外航運已較前代更爲普遍，然而大海變化莫測，在一定程度上，仍然威脅著航海人的安全，本文忠實的記錄下一千多年前，古人如何開拓海上貿易，及與大自然挑戰的經過。

【問題與討論】

一、試說明本文所描述「指南針」功用，因航海技術開展代表之意義？
二、根據課文之敘述，反映出當時中國沿海城市何種貿易背景？
三、依據課文描述，請試著說明當時宋代的航海技術與具備的相關知識？

十二、沙門島張生煮海（節選）

元·李好古

【題解】

本篇爲戲曲，收錄於《元曲選》、《柳枝集》中。本劇第一折以龍女聽琴，引出張生與龍女兩人間的愛慕與婚盟。第二折張生尋訪龍女，巧遇道姑授與法寶，以防龍王阻婚。第三折，張生利用法寶煮海，龍王遣石佛寺長老阻止，促成張生與龍女姻緣。第四折，張生與龍女順利完婚，席間東華大仙降臨，乃知張生與龍女本是瑤池上金童玉女，因思凡謫罰下凡，如今功德圓滿，得重返仙位。

本劇富有濃厚的神仙道化色彩，故事情節奇幻而優美。以超現實的手法，表達劇作家對於追求自主婚姻的願望和理想。劇中超脫俗世綱常禮教的束縛，表現出張生對於愛情的追求是如此執著與熱切，有不達目的絕不罷休的精神。

【作者】

作者李好古，一說東平（今屬山東）人。元鍾嗣成《錄鬼簿》云：「保定（今屬河北）人或云西平（今屬河南）人」。生平事蹟不詳。所作雜劇共有三本：《沙門島張生煮海》、《巨靈神劈華岳》、《趙太祖鎮凶宅》。僅留存《沙門島張生煮海》一本於世，其餘兩本皆佚。《太和正音譜》評其曲如：「孤松掛月」。

【課文】

第一折

（做弦斷科①，張生云）怎麼琴弦忽斷，敢是有人竊聽？待小生出門試看咱。（正旦②避科，云）好一個秀才也！（張生做見科，云）呀，好一個女子也！（做問科，云）請問小娘子，誰氏之家，如何夜行？（正旦唱）

【金盞兒】家住在碧雲空，綠波中，有披鱗帶角相隨從，深居富貴水晶宮。我便是海中龍氏女，勝似那天上許飛瓊③。豈不知眾星皆拱北，無水不朝東？（張生云）小娘子姓龍氏，我記得何承天《姓苑》上有這個姓來。難道小娘子既然有姓，豈可無名？因甚至此？（正旦云）妾身龍氏三娘，小字瓊蓮。見秀才彈琴，因聽琴至此。（張生云）小娘子既為聽琴而至，這等，是賞音的了。何不到書房中坐下，待小生細彈一曲，何如？（正旦云）願往。（做到書房科，正旦云）敢問先生高姓？（張生云）小生姓張名羽，字伯騰，潮州人氏。早年父母雙亡，也曾飽學詩書，爭奈功名未遂，遊學至此，並無妻室。（侍女云）這秀才好沒來頭，誰問你有妻無妻哩！（家童云）不則是相公，我也無妻。（張生云）小娘子不棄小生貧寒，肯與小生為妻麼？（正旦云）我見秀才聰明智慧，豐標俊雅，一心願與你為妻。則是有父母在堂，等我問了時，你到八月十五日中秋節屆，前來我家，招你為婿。（張生云）既蒙小娘子俯允，只不如今夜便成就了，何等有趣，著小生幾時等到八月十五日也！（家童云）正是，我也等不得。（侍女云）你等不得，且是容易哩。（正旦云）常言道：「有情何怕隔年期」，這有甚等不得那？（唱）

【後庭花】那裡也陽臺雲雨④蹤，不比那秦樓風月⑤叢。（張生云）敢問小娘子家在何處？（正旦唱）只在這滄海三千丈，險似那巫山⑥十二峰。（張生云）小生做貴宅女婿，就做了富貴之郎，不知可有人服侍麼？（正旦唱）俺可更有門風：無非是蛟蚪參從，還有那鼉將軍、鱉相公、魚大人、蝦愛寵、鼉先鋒、龜老翁。能浮波，慣弄風；隔雲山，千萬重；要相逢，指顧中。（張生云）只要小娘子言而有信，俺小生是一個志誠老實的。（正旦唱）【青歌兒】甜話兒將人、將人摩弄，笑臉兒把咱、把咱陪奉。你則看八月冰輪出海東，那其間、霧斂晴空，風透簾櫳，雲雨和同；那其間、錦陣花叢，玉斝⑦金鍾。對對雙雙，喜喜歡歡，我與你笑相從，再休提誤入桃源洞⑧。

（張生云）既然許了小生為妻，小娘子可留些信物麼？（正旦云）妾有冰蠶織就鮫綃帕，權為信物。（張生做謝科，云）多感小娘子！（家童云）梅香姐，你與我些兒甚麼信物？（侍女云）我與你把破蒲扇，拿去家裡扇煤火去！（家童云）我到那裡尋你？（侍女云）你去兀那羊市角頭磚塔兒胡同⑨總鋪門前來尋我。（正旦唱）【賺煞】你豈不知意兒和，直恁欠心兒慬，我非羅剎女⑩，休驚莫恐。多管是前世因緣今得寵，到中秋好事相逢。且從容，劈開這萬里溟濛，俺那裡靜悄悄，絕無塵世冗。（張生云）有如此富貴，小生願往。（正旦唱）一週圍紅遮翠擁，盡都是金扉銀棟，不弱似九天碧落蕊珠宮。（同侍女下）

（張生云）我看此女妖嬈豔冶，絕世無雙。他說著我海岸邊尋他，我也等不的中秋。家童，你看著琴劍書箱。我拚的將此鮫綃手帕，渺渺茫茫，直至海岸邊尋那女子，走一遭去。（詩云）海岸東頭信步行，聽琴女子最關情。有緣有分能相遇，何必江皋⑪笑鄭生⑫？（下）（家童云）我家東人好傻也！安知他不是個妖魔鬼怪，便信著他跟將去了。我報與長老，同行者，追我東人去。（詞云）叵耐這鬼怪妖魔，將花言巧語調唆⑬。若不是連忙趕上，只怕迷殺我秀才哥哥。（下）

第二折

（正旦改扮仙姑上，詩云）桑田成海又成田，一霎那堪過百年。撥轉頂門關捩子⑭，阿誰不是大羅仙。自家本秦時宮人，後以採藥入山，謝去火食⑮，漸漸身輕，得成大道，世人稱為毛女者是也。今日偶然乘興，遊到此間，卻是海之東岸。你看茫茫蕩蕩，好一片大水也呵！（唱）

【南呂一枝花】黑瀰漫水容滄海寬，高崒嵂山勢崑崙大。明滴溜冰輪出海角，光燦爛紅口轉山崖。這日月往來，只山海依然在，彌⑯八方，遍⑰九垓。問甚麼河漢江淮，是水呵，都歸大海。

【梁州第七】你看那縹緲間十洲三島，微茫處閬苑⑱蓬萊，望黃河一股兒渾流派。高沖九曜，遠映三臺，上連銀漢，下接黃埃⑲。勢汪洋無岸無涯，出許多異寶奇哉。看、看、看波濤湧，光隱隱無價珠璣；是、是、是草木長，香噴噴長生藥材；有、有、有蛟龍偃，鬱沉沉精怪靈胎。則是雲昏氣靄，碧油油隔斷紅塵界，恍疑在九天外。平吞了八九區雲夢澤，問甚麼翠島蒼崖。

（張生上，云）這裡不知是何處？喜得又遇著一位娘子。呀！原來是道姑。待小生問個路兒咱。

（仙姑云）秀才何方人氏？因甚至此？（張生云）小生潮州人氏，因為遊學，在此石佛寺借寓。前夜彈琴，有一女子，引一侍女來聽。此女自言龍氏之女，小字瓊蓮，到八月中秋日。與小生會約於海岸。小生隨即尋訪，不意迷失道路。小生只想他風流人物，世上無比。（仙姑云）他既說姓龍，你可也想左⑳了。（唱）

【罵玉郎】可知道龍宮美女多嬌態，想當時因有約，則今日獨尋來，拚的個舍殘生，做下風流債。那龍也青臉兒長左猜，惡性兒無可㉑解，狠勢兒㉒將人害。（張生云）可怎生恁般㉓利害？（仙姑唱）

【感皇恩】呀！他把那牙爪張開，頭角輕擡。一會兒起波濤，一會兒摧山岳，一會兒捲江淮。變大呵，乾坤中較窄；變小呵，芥子裡藏埋。他可便能英勇，顯神通，放狂乖。

（張生云）那小娘子姓龍，你這道姑怎麼說起龍來？（仙姑云）秀才不知，這龍是輕易好惹他的？（唱）

【採茶歌】他興雲霧，片時來，動風雨，滿塵埃，則怕驚急烈一命喪屍骸。休為那約雨期雲龍氏女，送了你個攀蟾折桂㉔俊多才。

（張生云）小生才省悟了也。他是龍宮之女，他父親十分狠惡，怎肯與我為妻？這婚姻之事，一定無成了。只是小娘子，誰著你聽琴來？（做悲科）（仙姑云）貧道不是凡人，乃奉東華上仙法旨，著我來指引你還歸正道，休得墮落。（張生做拜科，云）小生肉眼，不知上仙指引，望乞恕罪。（仙姑云）我且問你：那聽琴女子，是東海龍王第三之女，小字瓊蓮，他在龍宮海藏，你怎麼得見他？（張生云）若論那龍宮之女，與小生頗有緣分。（仙姑云）那裡見的有緣分？（張生云）既沒緣分，他怎肯約我在八月十五夜，到他家裡。招我做女婿；又與我這鮫綃帕兒做信物哩？

（仙姑云）這鮫綃手帕，果是龍宮之物。眼見的那個女子看的你中意了。只是龍神憷暴，怎生容易將愛女送你為妻？秀才，我如今圓就你這事，與你三件法物。降伏著他，不怕不送出女兒嫁你。（張生做跪科，云）願見上仙法寶。（仙姑取砌末㉕科，云）與你銀鍋一隻，金錢一文，鐵杓一把。（張生接科，云）法寶便領了，願上仙指教，怎生樣用他才好？（仙姑云）將海水用這杓兒舀在鍋兒裡，放金錢在水內。煎一分，此海水去十丈；煎二分去二十丈，若煎乾了鍋兒，海水見底。那龍神怎麼還存坐的住。必然令人來請，招你為婿也。（張生云）多謝上仙指教！但不知此處離海岸遠近若何？（仙姑云）向前數十里，便是沙門島㉖海岸了也。

（唱）

【黃鍾煞尾】這寶呵。出在那瑤臺紫府清虛界，碧落蒼空天上來。任熬煎，任㑊劃，可從心，可稱懷，不求親，不納財，做行媒，做嬌客，連理枝，並蒂開，鳳鸞交，魚水諧，休將他，覷小哉，信神仙妙手策。也是那

前生福有安排，直著你沸湯般，煎乾了這大洋海。（下）

（張生云）小生有緣，得受上仙法寶。直到沙門島煎海水去來。（詩云）任他東海滾波濤，取水將來鍋內熬。此是神仙真妙法。不愁無分見多嬌。（下）

第四折

（外㉗扮龍王引水卒上，詩云）一輪紅日出扶桑，照曜中天路杳茫。雖然弱水㉘三千里，只要無私自可航。吾神乃東海龍王是也。有小女瓊蓮，曾於夜間到石佛寺遊玩，見一秀才撫琴，其曲有鳳求凰㉙之音，他兩個暗面關情，遂許中秋赴會。某家說道，他是凡人，怎生到的俺這水府？不想秀才遇著上仙，授他三件法寶，被他燒的海水滾沸，使某不堪其熱，只得央石佛寺法雲禪師為媒，招請為婿。早間已將花紅酒禮，款待那做媒的去了，如今設下慶喜的筵席。兀那㉚水卒，請出秀才和女孩兒來者！（正旦

同張生上，正旦云）秀才，前廳上拜俺父母去。（張生云）是。（正旦云）秀才，我和你那夜相別，誰想有今日也！（唱）

【雙調新水令】則為這波濤相間的故人疏，我則怕黑漫漫各尋別路。受了些活地獄，下了些死工夫。海角天隅，須有日再完聚。

（張生云）這龍宮裡面，都是些甚麼人物？（正旦唱）

【駐馬聽】擺列著水裡兵卒，都是些黿將軍、鼉先鋒、鱉大夫。看了這海中使數，無過是赤鬚蝦、銀腳蟹、錦鱗魚。繡簾十二列珍珠，家財千萬堆金玉。（張生云）是好富貴也！（正旦唱）你自暗付，則俺這水晶宮是一搭兒奢華處。

（做行禮拜科，龍王云）你二人在那裡相會來？（正旦唱）

【滴滴金】趁著那綠水清波，良辰美景，輕雲薄霧，霜氣浸冰壺。可則是玉露冷冷。金風淅淅，中秋節序，正值著冷清清，人靜更初。

（龍王云）你與這秀才素非相識，況在夜靜更初，怎麼就許他婚姻之約？

你試說我聽。（正旦唱）

【折桂令】俺去他那月明中信步堦除，聽三弄瑤琴，音韻非俗。恰便似雲外鳴鶴，天邊語雁，枝上啼烏。他待覓鶯儔燕侶，我正愁鳳隻鸞孤，因此上要識賢愚，別辨親疏。端的個和意同心，早遂了似水如魚。

（龍王云）秀才，誰與你這法寶來？（張生云）量小生是個窮儒，焉有此法寶。偶因追趕令愛，到海岸上遇著一位仙姑，把與我來。（龍王云）秀才，則被你險些兒熱殺我也！我想這事，都是我女孩兒惹出來的。（正旦唱）

【雁兒落】不想這火中生比目魚，石內長荊山玉。天邊有比翼鳥，地上出連枝樹。

（張生云）若非上仙法寶，怎生得有團圓之日？

（東華仙上，云）龍神，聽俺分付！（龍王同張生、正旦跪科，東華仙云）龍神，那張生非是你女婿，那瓊蓮也非是你女兒。他二人前世乃瑤池上金童玉女，則為他一念思凡，謫罰下界。如今償還夙契，便著他早離水府，重返瑤池，共證前因，同歸仙位去也。（眾拜謝科）（正旦唱）

【沽美酒】待著俺辭龍宮，離水府，上碧落，赴雲衢㉛，我和你同會西池見聖母㉜。秀才也，抵多少跳龍門應舉，攀仙桂步蟾蜍。

（東華云）你二人若非吾來指引，豈得到瑤池仙境也？（正旦唱）

【收尾】則今日雙雙攜手登仙去，也不枉鮫綃帕留為信物。閒看他蟠桃灼灼樹頭紅，撇罷了塵世茫茫海中苦。

題目　石佛寺龍女聽琴
正名　沙門島張生煮海

【注釋】

①科：傳統戲劇中腳色的動作、舉止。

②正旦：傳統戲曲腳色之一。在元雜劇裡扮演劇中主要女性人物。

③飛瓊：古代仙女名，後泛指仙女。《漢武帝內傳》：「王母乃命諸侍女王子登彈八琅之璈，又命侍女董雙成吹雲和之笙，石公子擊昆庭之金，許飛瓊鼓震靈之簧，婉凌華拊五靈之石，范成君擊湘陰之磬，段安香作九天之鈞。於是衆聲澈朗，靈音駭空。又命法嬰歌玄靈之曲。」

④陽臺雲雨：比喻男女合歡之事。

⑤秦樓風月：指歌舞場所或妓院。

⑥巫山：山名，位於四川省、湖北省邊境。有十二峰，北與大巴山相連，形如「巫」字，故名爲巫山。而以長江貫穿其間，成爲巫峽。

⑦斝：音ㄐㄧㄚˇ，原爲古代青銅制盛酒器，有把手、兩柱、三足、圓口，上有紋飾，可用以盛酒、溫酒。後借指酒杯。

⑧桃源洞：原爲洞名，相傳東漢時，劉晨、阮肇到天台山採藥，迷路不得返，誤入桃源洞，遇見兩名仙女，即被邀至家中。半年後兩人返家，其子孫竟已過了七代。事見南朝宋劉義慶《幽冥錄》。後以此指爲男女幽會的仙境。

⑨羊市角頭磚塔兒胡同：「羊市角頭」，爲元時大都城西部的商業中心，在今北京西四牌樓附近。「胡同」，乃北方人俗稱的小巷道。「磚塔兒胡同」，爲巷道名稱。因該處巷道裡有座葬著金、元之際，佛教高僧萬松行秀禪師骸骨的青磚古塔而得名。

⑩羅刹女：梵語裡稱專吃人血肉的女鬼。

⑪江皋：「皋」音ㄍㄠ，江邊、江岸。

⑫鄭生：鄭交甫，生平不詳，據傳爲周朝人，有漢江遇遊女之事。《韓詩內傳》曰：「鄭交甫遵彼漢皋臺下，遇二女，與言曰：『願請子之珮。』二女與交甫，交甫受而懷之，超然而去，十步循探之，即亡矣。迴顧二女，亦即亡矣。」後世詞曲中即稱鄭交甫爲鄭生。

⑬調唆：挑撥、教唆。

⑭捩子：「捩」音ㄌㄧㄝˋ，指機器發動、撥轉的關鍵。《醒世恆言·卷三十七·杜子春三入長安》：「子春見說原與他銀子，又像一個跳虎撥著關捩子，直豎起來，急鬆鬆跟著老者徑到西廊下第一間房內。」此「關捩子」指門的插銷，撥開了門就打開。比喻人在走投無路，窮困厄極時，遇到解救，獲得幫助。

⑮火食：飯食。
⑯彌：遍布、充滿。
⑰遍：音ㄅㄧㄢˋ，布滿、遍及。
⑱閬苑：音ㄌㄤˇ ㄩㄢˋ，指傳說中仙人居住之處。
⑲黃埃：比喻塵世間。
⑳想左：想偏、差錯。
㉑無可：不能、無法。
㉒狠勢兒：凶惡、殘忍的樣子。
㉓恁般：「恁」音ㄖㄣˋ，這樣。
㉔攀蟾折桂：攀登蟾宮，折取月桂。比喻科舉及第。明劉兌《金童玉女嬌紅記》：「你也不想攀蟾折桂，一舉成名也。」
㉕砌末：亦作「切末」。傳統戲曲所使用的小道具、雜物和簡單布景等。
㉖沙門島：位於山東省蓬萊縣西北海中，荒涼僻遠。爲宋元時流放罪犯之地。
㉗外：傳統戲曲腳色之一。元代戲曲中有外末、外旦、外淨等腳色，大致屬次要腳色。明清以來，外多扮演老年男子的腳色。

㉘弱水：傳說中通往仙境的河流。因其險惡難渡，故使仙境不易到達。宋蘇軾《金山妙高臺》詩：「我欲乘飛車，東訪赤松子。蓬萊不可到，弱水三萬里。」

㉙鳳求凰：樂曲名。漢司馬相如以琴音情挑卓文君，因曲辭有「鳳兮鳳兮歸故鄉，遨遊四海求其凰」句，故稱爲「鳳求凰」。後引申爲男性追求女性之義。

㉚兀那：指示代詞，猶那個。

㉛雲衢：登天的道路。

㉜聖母：即神話傳說中的西王母。

【賞析】

元代劇曲體製，主角只有一人，只有主角才有唱詞，其他角色僅有道白，男主角爲主的劇本，當時稱爲末本，女主角爲主的劇本，則稱爲旦本，本劇爲旦本，瓊蓮爲第一折的女主角，仙姑毛女爲第二折的女主角。當時劇曲多爲四折，至多再加一段楔子，所謂「折」，等同於現今「齣」的意思，一折就是一齣，本課因篇幅關係，僅節選其中第一、二及四折當中部分情節，劇寫潮州書生張羽，因功名未成，某日閒遊海上，見石佛寺清雅幽靜，張羽便向寺內法雲長老請求投宿，溫習經書，並以銀錢二兩相贈，長老應允，張羽投宿當晚，撫琴一曲散心，本文節選即從此處開始，適東海龍神第三女瓊蓮與丫鬟閒遊海上，聽張羽琴音悅耳，遂循音聲偷窺於寺，見彈琴張羽乃一俊雅書生，琴聲又有求凰之意，瓊蓮動心，不意正潛聽之際，被張羽發現，兩人相談甚歡，張羽主動求親，瓊蓮乃邀張羽於陰曆八月十五至其家提親，並贈鮫綃帕爲信物。瓊蓮隨即離去，不見蹤影。龍女離去後，張生持信物追至海岸邊，第一折到此結束。

第二折仙姑毛女偶然乘興，來到東海岸，適遇持信物追至海岸的書生張羽，羽告之有前事，仙姑毛女告之龍王性情暴躁，不是輕易好惹的，但因她奉東華上仙的法旨，前來點化張羽還歸正道，爲成就張羽癡誠，仙姑贈與張羽三件法物以及煮海術，助其成功追求龍女。

第四折主角爲龍女瓊蓮，劇作家透過一上場的龍王道白，說出第三折爲張羽持仙姑三件法物煮海，使得大海滾沸，龍王不堪其熱，只得央石佛寺法雲禪師爲媒，招請爲婿。所選三折主角唱詞，皆爲形容海中景致，由此可以看出古典海洋戲曲的審美意識。

【問題與討論】

一、《沙門島張生煮海》劇中張生形象生動而活潑，你認爲文中哪段所描述的張生形象最吸引你，原因爲何？

二、《沙門島張生煮海》劇中龍女雖愛慕張生，但卻拒絕與張生私下成就姻緣，試論此處情節安排有何寓意？

三、試論作者如何利用綺麗的文釆來醞釀氣氛、描述壯麗遼闊的海景？試舉劇中文句加以說明。

十三、島夷誌略（節選）

【題解】

《島夷誌略》原稱《島夷誌》，乃是由元代航海家汪大淵於元順帝至正九年（西元一三四九年）爲當時市舶司所在地，清源縣（今泉州）之縣志《清源續志》所著的附錄。後來汪大淵將《島夷誌》簡化名爲《島夷誌略》，在他的故鄉江西南昌刻印刻單行本。《島夷誌略》記述汪大淵在天曆三年（西元一三三〇年）與至元三年（西元一三三七年）二度飄洋過海之經歷。本文記載南洋和西洋二百多個地方的地理、風土、物產，是一部重要的中外交通史文獻。

【作者】

汪大淵，江西南昌人。生平據吳鑒在《島夷誌・序》中有言：「豫章汪君煥章，少負奇氣，爲司馬子長之遊，足跡幾半天下矣。顧以海外之風土，國史未盡其蘊，因附舶以浮於海者數年，然後歸。其目所及，皆爲書以記之。校之五年舊志，大有逕庭矣」。汪大淵則是在《島夷誌後序》寫到：「大淵少年嘗附舶以浮於海，所過之地，竊嘗賦詩以記其山川、土俗、風景、物產之詭異，與夫可怪、可愕、可鄙、可笑之事。皆身所遊覽，耳目所親見。傳說之事，則不載焉」。由此可知，汪大淵在當時乃遊歷家，曾兩次隨中國商船到東洋（即南洋）、西洋（即印度洋），見識自然多廣。《島夷誌略》前九十九條中，有關各地的山川、風土、物產、居民、飲食、衣服和貿易的情況，都是他當時根據親身的見聞記錄下來。是一部具有研究與參考價值的書籍。

【課文】

彭湖

島分三十有六，巨細相間，坡隴相望，乃有七澳居其間，各得其名。自泉州順風二晝夜可至。有草無木，土瘠，不宜禾稻。泉人結茅為屋居之。氣候常暖，風俗朴野，人多眉壽①。男女穿長布衫，繫以土布。煮海為鹽，釀秫②為酒。採魚蝦螺蛤以佐食，爇③牛糞以爨④，魚膏為油。地產胡麻、綠豆。山羊之孳生，數萬為群，家以烙毛刻角為記，晝夜不收，各遂其生育。工商興販，以樂其利。地隸泉州晉江縣，至元年間，立巡檢司⑤，以週歲額辦鹽課中統錢鈔一十錠二十五兩，別無差科。

琉球

地勢盤穹，林木合抱。山曰翠麓，曰重曼，曰斧頭，曰大〔峙〕〔崎〕。其峙山極高峻，自彭湖望之甚近。余登此山，則觀海潮之消長，夜半則望暘谷之〔日〕出，紅光燭天，山頂為之俱明。土潤田沃，宜稼穡。氣候漸暖，俗與彭湖差異。水無舟楫，以筏濟之。男子、婦人拳髮，以花布為衫。煮海水為鹽，釀蔗漿為酒。知番主酋長之尊，有父子骨肉之義，他國之人倘有所犯，則生割其肉以啖之，取其頭懸木竿。地產沙金、黃豆、〔黍〕子、硫黃、黃蠟、鹿、豹、麂皮。貿易之貨，用土珠、瑪瑙、金珠、粗碗、處州瓷器之屬。海外諸國，蓋由此始。

龍牙門

門以單馬錫番兩山相交，若龍牙〔門〕〔狀〕，中有水道以間之。田瘠，稻少，氣候熱，四五月多淫雨。俗好劫掠。昔酋長掘地而得玉冠，歲之始，以見月為正初，酋長戴冠披服受賀，今亦遞相傳授。男女兼中國人居之。多椎髻，穿短布衫，繫青布捎。〔地〕產粗降真⑥、鬥錫⑦。貿易之貨，〔用〕赤金、青緞、花布、處瓷器、鐵鼎之類。蓋以山無美〔林〕〔材〕，貢無異貨。以通泉州之貿易，皆剽竊之物也。舶往西洋，本番置之不問。回船之際，至吉利門，舶人須駕箭棚、張布幕、利器械以防之。賊舟二三百隻必默來，迎敵數日，若僥倖順風，或不遇之，否則人為所戮，貨為所有，則人死繫乎頃刻之間也。

羅婆斯

國與麻加那之右山聯屬，奇峰磊磊，如天馬奔馳，形勢臨海。〔風俗野樸，〕不織不衣，以鳥羽掩身。食無煙火，惟有茹⑧毛飲血，巢居〔穴處而已〕。雖然，飲食宮室，節宜之不可缺也；絲麻絺紵，寒暑之〔不可或〕違也。夫以洛南北之地，懸隔千里，尚有寒暑之殊，而況於島夷諸國者哉！其地鐘湯⑨之全，故民無衣服之備，陶然自適，以宇宙輪輿⑩。宜乎茹飲不擇，巢穴不易，相與遊乎太古之天矣。

【注釋】

①眉壽：意指長壽之意。《詩・豳風・七月》：「為此春酒，以介眉壽」。《毛傳》：「眉壽，豪眉也」。孔穎達《疏》：「人年老者必有豪眉秀出者」。高亨《注》：「眉壽，長壽也」。

②秫：黏高粱，可以做燒酒，有的地區泛指高粱。

③爇：音ㄖㄨㄛˋ，動詞。意指「燒」。

④爨：音ㄘㄨㄢˋ，《說文・爨部》：「爨，齊謂之炊爨。臼，象持甑；冂，象炊門口；廾，推林納火」。本意指燒火做飯。

⑤巡檢司：元初於澎湖立巡檢司。大德元年（西元一二九七年）改泉州行中書省爲福建道宣慰司，並移治福州路。這是中國政府在澎湖建立正式設立機構的開始。明初沿襲其舊，亦置巡檢於澎湖，以方便管理。

⑥粗降眞：香料的一種。「粗降眞」，則指提煉爲香料之前的原目。元代《眞臘風土記》中記載：「降眞，生叢林中，番人頗費砍斫之勞。蓋此乃樹之心耳。其外白，木可厚八九寸，小者亦不可四五寸」。宋代，降眞香是一般百姓所常用的香品，作爲藥用，有治療、止血與消腫之效用。

⑦鬥錫：天然錫塊。明李時珍《本草綱目・金石一・錫》引《星槎勝覽》：「滿剌加國，於山溪中淘沙取錫，不假煎鍊成塊，名曰斗錫也」。

⑧茹：動詞，吃。《方言》：「茹，食也。吳越之間，凡貪飲食者謂之茹」。《禮記・禮運》：「飲其血，茹其毛」。

⑨鐘湯：意指其地堅固，不容易遭到外人入侵。有其「固若金湯」之意義。

⑩輪輿：輪人和輿人。原意指古代造車的工人。《周禮・考工記・輪人》：「攻木之

工，輪輿弓廬匠車梓」。《孟子・滕文公下》：「則梓匠輪輿，皆得食於子」。趙岐《注》：「輪人輿人，作車者也」。唐韓愈《符讀書城南》：「木之就規矩，在梓匠輪輿」。此處則是將「輪輿」引伸，意指為合乎宇宙之規矩法則。

【賞析】

本文節選自《島夷誌略》，該書原名《島夷誌》，明代時改為《島夷誌》，清代再改為《島夷誌略》，書名顯示當時我國對於國外他國的看法，即所謂自春秋戰國以來的「華夷之分」。

全書共分一〇〇條，前九十九條記載和涉及的地點總計二百二十個，所載資料，因作者於該書後序所說：「大淵少年嘗附舶以浮於海，所過之地，竊嘗賦詩以記其山川、土俗、風景、物產之詭異，與夫可怪、可愕、可鄙、可笑之事。皆身所遊覽，耳目所親見。傳說之事，則不載焉。」可知作者曾隨當時商船兩度出海南洋，有親身經歷，書中多為一手資料，可信度極高，雖然部分內容，近代學者仍有質疑，但參考意義均勝過前朝史地相關書籍（見《臺灣大百科全書》，http://taiwanpedia.culture.tw/web/content?ID=3444）本文選錄澎湖、琉球、龍牙門（今新加坡一帶）及舊稱婆羅斯的現孟加拉灣東南方的尼科巴群島，讀者可以比較千年以來的今昔之比，以及其間的風土民情、奇聞軼事，本文既是文史文獻，也具佐證民俗文化學的變遷價值。

【問題與討論】

一、試討論《島夷志略》之成書背景與元代對外貿易之情形？

二、《島夷志略》中對澎湖、琉球等地的哪些描述，可知當時已有華人在中土之外之生活？

三、《島夷志略》中對龍牙門、羅婆斯等地的哪些描述，試討論作者對於其他文化的態度？

十四、西遊記（節選）

明・吳承恩

第九回　袁守誠妙算無私曲　老龍王拙計犯天條

【題解】

本文出自《西遊記》一百回。本回之故事內容爲過接橋段，爲帶出之後的唐王遊地府、唐僧取經之緣由。

此篇記敘神機妙算的賣卦先生袁守誠正直不阿，卻因其課算神準，每日告知漁夫下網方位及河中大小事。導致涇河龍王及其蝦兵蟹將極爲惶恐，深怕河中水族皆被一網打盡，故聚集討論應對計策。最終卻因涇河龍王擅自修改玉帝降雨聖旨而招惹斷頭禍端。

故事發展趣味十足，引人入勝，當中也隱喻了當時明朝政權的荒淫腐朽、世風墮落的意涵，也表現了吳承恩個人的人生觀點。

【作者】

吳承恩為明代小說家。字汝忠，號射陽山人，淮安府山陽縣人（今江蘇省淮安市），生於孝宗弘治十三年（西元一五〇〇年），卒於神宗萬曆十年（西元一五八二年）。其故里江蘇淮安有修建其墓園，並有紀念館。

吳承恩雖生於商賈之家，但家境清貧，科考仕途極不順遂，至中年才得「歲貢生」。晚年出任長興縣丞，但因厭惡官場汙濁，遂辭官貧老以終。天啓《淮安府志》評價吳承恩「性敏而多慧，博極群書，為詩文下筆立成，清雅流麗，有秦少游之風。復善諧謔，所著雜記幾種，名震一時」。

其重要著作有詩文集《射陽先生存稿》、長篇章回小說《西遊記》。《西遊記》是吳承恩對傳統題材加以擴充，另行組織，並注入他對現實生活的感受認知，再創作而成一部隱含豐富人生觀的神話小說。

【課文】

卻說長安城外涇河岸邊，有兩個賢人：一個是漁翁，名喚張稍；一個是樵子，名喚李定。他兩個是不登科①的進士，能識字的山人。……

李定道：「你那水面上營生，極凶極險，隱隱暗暗，有什麼捉摸②？」張稍道：「你是不曉得。這長安城裡，西門街上，有一個賣卦的先生。我每日送他一尾金色鯉，他就與我袖傳一課，依方位，百下百著③。今日我又去買卦，他教我在涇河灣頭東邊下網，西岸拋鈎，定獲滿載魚蝦而歸。明日上城來，賣錢沽酒，再與老兄相敘。」二人從此敘別。

這正是「路上說話，草裡有人。」原來這涇河水府有一個巡水的夜叉，聽見了百下百著之言，急轉水晶宮，慌忙報與龍王道：「禍事了，禍事了！」龍王問：「有甚禍事？」夜叉道：「臣巡水去到河邊，只聽得兩個漁樵攀話。相別時，言語甚是利害。那漁翁說：長安城裡西門街上，有個賣卦先生，算得最準。他每日送他鯉魚一尾，他就袖傳一課，教他百下百著。若依此等算準，卻不將水族盡情打了？何以壯觀水府，何以躍浪翻波，輔助大王威力？」龍王甚怒，急提了劍就要上長安城，誅滅這賣卦的。旁邊閃過龍子、龍孫、蝦臣、蟹士、鰣軍師、鱖少卿、鯉太宰，一齊啟奏道：「大王且息怒。常言道：『過耳之言，不可聽信。』大王此去，必有雲從，必有雨助，恐驚了長安黎庶，上天見責。大王隱顯莫測，變化無方，但只變一秀士，到長安城內，訪問一番。果有此輩，容加誅滅不遲；若無此輩，可不是妄害他人也？」龍王依奏，遂棄寶劍，也不興雲雨，出岸上，搖身一變，變作一個白衣秀士，真個：

丰姿英偉，聳壑昂霄。步履端祥，循規蹈矩。語言遵孔孟，禮貌體周文。身穿玉色羅襴服④，頭戴逍遙一字巾⑤。

上路來拽開雲步，徑到長安城西門大街上。只見一簇人，擠擠雜雜，鬧鬧哄哄，內有高談闊論的道：「屬龍的本命，屬虎的相沖。寅辰巳亥，雖稱合局，但只怕的是日犯歲君。」龍王聞言，情知是那賣卜之處，走上前，分開眾人，望裡觀看，只見：

四壁珠璣，滿堂綺繡。寶鴨香無斷，磁瓶水恁清。兩邊羅列王維畫，座上高懸鬼谷⑥形。端溪⑦硯，金煙⑧墨，相襯著霜毫⑨大筆；火珠林⑩，郭璞數⑪，謹對了臺政新經⑫。六爻熟諳，八卦精通。能知天地理，善曉鬼神情。一槃子午安排定，滿腹星辰佈列清。真個那未來事，過去事，觀如月鏡；幾家興，幾家敗，鑒若神明。知凶定吉，斷死言生。開談風雨迅，下筆鬼神驚。招牌有字書名姓，神課先生袁守誠。

此人是誰？原來是當朝欽天監臺正先生袁天罡的叔父，袁守誠是也。那先生果然相貌稀奇，儀容秀麗，名揚大國，術冠長安。龍王入門來，與先生相見。禮畢，請龍上坐，童子獻茶。先生問曰：「公來問何事？」龍王曰：「請卜天上陰晴事如何。」先生即袖傳一課，斷曰：「雲迷山頂，霧罩林梢。若占雨澤，準在明朝。」龍曰：「明日甚時下雨？雨有多少尺寸？」先生道：「明日辰時⑬布雲，巳時⑭發雷，午時⑮下雨，未時⑯雨足，共得水三尺三寸零四十八點」。龍王笑曰：「此言不可作戲。如是明日有雨，依你斷的時辰、數目，我送課金五十兩奉謝。若無雨，或不按時辰、數目，我與你實說：定要打壞你的門面，扯碎你的招牌，即時趕出長安，不許在此惑眾！」先生欣然而答：「這個一定任你。請了，請了。明朝雨後來會。」

龍王辭別，出長安，回水府。大小水神接著，問曰：「大王訪那賣卦的如何？」龍王道：「有，有，有！但是一個掉嘴口討春的先生。我問他幾時下雨，他就說明日下雨；問他什麼時辰，什麼雨數，他就說辰時布雲，巳時發雷，午時下雨，未時雨足，得水三尺三寸零四十八點。我與他打了個賭賽：若果如他言，送他謝金五十兩；如略差些，就打破他門面，趕他起身，不許在長安惑眾。」眾水族笑曰：「大王是八河⑰都總管，司雨大龍神，有雨無雨，惟大王知之，他怎敢這等胡言？那賣卦的定是輸了，定是輸了！」

此時龍子、龍孫與那魚卿、蟹士，正歡笑談此事未畢，只聽得半空中叫：「涇河龍王接旨。」眾抬頭上看，是一個金衣力士，手擎⑱玉帝敕旨，徑⑲投水府而來。慌得龍王整衣端肅，焚香接了旨。金衣力士回空而去。龍王謝恩，拆封看時，上寫著：「敕⑳命八河總，驅雷掣㉑電行；明朝施雨澤，普濟長安城。」旨意上時辰數目，與那先生判斷者毫髮不差，諕得那龍王魂飛魄散。少頃甦醒，對眾水族曰：「塵世上有此靈人，真個是能通天徹地理，卻不輸與他呵！」鰣軍師奏云：「大王放心。要贏他有何難處？臣有小計，管教滅那廝的口嘴。」龍王問計，軍師道：「行雨差了時辰，少些點數，就是那廝斷卦不準，怕不贏他？那時捽碎招牌，趕他跑路，果何難也？」龍王依他所奏，果不擔憂。

至次日，點劄㉒風伯、雷公、雲童、電母，直至長安城九霄空上。他挨到那巳時方布雲，午時發雷，未時落雨，申時雨止，卻只得三尺零四十點，改了他一個時辰，剋了他三寸八點，雨後發放眾將班師。他又按落雲頭，還變作白衣秀士，到那西門里大街上，撞入袁守誠卦鋪，不容分說，就把他招牌、筆、硯等一齊捽碎。那先生坐在椅上，公然不動。這龍王又輪起門板便打、罵道：「這妄言禍福的妖人，擅惑眾心的潑漢！你卦又不靈，言又狂謬！說今日下雨的時辰點數俱不相對，你還危然[23]高坐，趁早去，饒你死罪！」守誠猶公然不懼分毫，仰面朝天冷笑道：「我不怕，我不怕！我無死罪，只怕你倒有個死罪哩！別人好瞞，只是難瞞我也。我認得你，你不是秀士，乃是涇河龍王。你違了玉帝敕旨，改了時辰，剋了點數，犯了天條。你在那『剮[24]龍臺』上，恐難免一刀，你還在此罵我？」

龍王見說，心驚膽戰，毛骨悚然，急丟了門板，整衣伏禮，向先生跪下道：「先生休怪。前言戲之耳，豈知弄假成真，果然違犯天條，奈何？望先生救我一救！不然，我死也不放你。」守誠曰：「我救你不得，只是指條生路與你投生便了。」龍曰：「願求指教。」先生曰：「你明日午時三刻，該赴人曹官魏徵處聽斬。你果要性命，須當急急去告當今唐太宗皇帝方好。那魏徵是唐王駕下的丞相，若是討他個人情，方保無事。」龍王聞言，拜辭含淚而去。

不覺紅日西沉，太陰星上。但見：

煙凝山紫歸鴉倦，路遠行人投旅店。渡頭新雁宿眭沙㉕，銀河現。催更籌，孤村燈火光無焰。風裊爐煙清道院，蝴蝶夢中人不見。月移花影上欄杆，星光亂。漏聲換，不覺深沉夜已半。

這涇河龍王也不回水府，只在空中，等到子時前後，收了雲頭，斂了霧角，徑來皇宮門首。此時唐王正夢出宮門之外，步月花陰，忽然龍王變作人相，上前跪拜。口叫：「陛下，救我，救我！」太宗云：「你是何人？朕當救你。」龍王云：「陛下是真龍，臣是業龍㉖。臣因犯了天條，該陛下賢臣人曹官魏徵處斬，故來拜求，望陛下救我一救！」太宗曰：「既是魏徵處斬，朕可以救你。你放心前去。」龍王歡喜，叩謝而去。

卻說那太宗夢醒後，念念在心。早已至五鼓三點，太宗設朝，聚集兩班文武官員。但見那：

煙籠鳳闕，香藹龍樓。光搖丹扆㉗動，雲拂翠華㉘流。君臣相契同堯古舜，禮樂威嚴近漢周。侍臣燈，宮女扇，雙雙映彩；孔雀屏，麒麟殿，處處光浮。山呼萬歲，華祝千秋。靜鞭三下響，衣冠拜冕旒。宮花燦爛天香襲，堤柳輕柔御樂謳。珍珠簾，翡翠簾，金鉤高控；龍鳳扇，山河扇，寶輦㉙停留。文官英秀，武將抖擻。御道分高下，丹墀㉚列品流。金章紫綬乘三象，地久天長萬萬秋。

眾官朝賀已畢，各各分班。唐王閃鳳目龍睛，一一從頭觀看，只見那文官內是房玄齡、杜如晦、徐世勣、許敬宗、王珪等，武官內是馬三寶、段志賢、殷開山、程咬金、劉洪紀、胡敬德、秦叔寶等，一個個威儀端肅，卻不見魏徵丞相。唐王召徐世勣上殿道：「朕夜間得一怪夢，夢見一人迎面拜謁，口稱是涇河龍王，犯了天條，該人曹官魏徵處斬，拜告寡人救他，朕已許諾。今日班前獨不見魏徵，何也？」世勣對曰：「此夢告准，須喚魏徵來朝，陛下不要放他出門。過此一日，可救夢中之龍。」唐王大喜，即傳旨，著當駕官宣魏徵入朝。

卻說魏徵丞相在府，夜觀乾象，正爇㉛寶香，只聞得九霄鶴唳，卻是天差仙使，捧玉帝金旨一道，著他午時三刻，夢斬涇河老龍。這丞相謝了天恩，齋戒沐浴，在府中試慧劍，運元神，故此不曾入朝。一見當駕官齎㉜旨來宣，惶懼無任；又不敢違遲君命，只得急急整衣束帶，同旨入朝，在御前叩頭請罪。唐王道：「赦卿無罪。」那時諸臣尚未退朝，至此，卻命捲簾散朝，獨留魏徵，宣上金鑾，召入便殿，先談論安邦之策，定國之謀。將近巳末午初時候，卻命宮人取過大棋來，「朕與賢卿對弈一局。」眾嬪妃隨取棋枰，鋪設御案。魏徵謝了恩，即與唐王對弈。畢竟不知勝負如何，且聽下回分解。

【注釋】

①登科：科舉時代應試學子登上錄取之榜。《五代周·王仁裕·開元天寶遺事·卷下·泥金帖子》：「新進士才及第，以泥金書帖子，附家書中，用報登科之喜。」在本文此指科舉考試未及第。

②捉摸：爲揣測，預料，猜想之意。

③百下百著：義同百發百中，萬無一失。著，音爲ㄓㄠ。

④羅襴服：古時絲製袍服。依照官品分有紫襴、緋襴、綠襴等區別。

⑤一字巾：相傳興起於宋代的一種頭飾布巾綁法。也稱「幅巾」、「太極巾」。以青色布裁爲一條狀，端頭有木扣或玉扣，扣子一般刻有圖形，此布條作爲纏裹包繞頭髮之用。

⑥鬼谷：指戰國楚人鬼谷子，據說其姓王名禪字詡，民間稱爲「王禪老祖」。因隱於鬼谷，故自號鬼谷子。長於修身養性和縱橫捭闔之術，是縱橫家鼻祖。世傳有《鬼谷子》一書。

⑦端溪：溪流名，在廣東省高要縣東南。端溪畔的斧柯山產硯石，以石質細膩而聞名。製成者稱端溪硯或端硯，爲硯中上品。後即以「端溪」指稱硯臺。

⑧金煙：多以桐油煙或松煙作爲原料，製成墨汁，上塗金字，故名金煙墨。
⑨霜毫：指以白色獸毛製成的毛筆。
⑩火珠林：疑是做爲擺飾、賞玩之紅珊瑚。《本草綱目·石二·珊瑚》中有記載：「珊瑚生海底，五七株成林，謂之珊瑚林。……變紅色者爲上。漢趙佗謂之火樹。」紅珊瑚屬珍貴珊瑚，它不但可以入藥，而且是名貴的裝飾品和工藝原料，至今仍有紅珊瑚寶石交易市場。
⑪郭璞數：郭璞，字景純（西元二七六～三二四年）。好古文奇字，妙於陰陽算曆。不僅是文學家和訓詁學家，亦是兩晉時代最著名的方術士，傳說擅長諸多奇異的道學術數。
⑫臺政新經：天干地支類之算書。
⑬辰時：辰是地支之一。在中國古代以地支計時，將一天劃爲十二個時辰，每個時辰等於現今兩小時。此指上午七點鐘到九點鐘。相傳辰時亦是「群龍行雨」的時候。
⑭巳時：巳是地支之一，此指上午九點鐘到十一點鐘。「巳時」又名隅中、日禺等，意指鄰近中午。
⑮午時：午是地支之一，此指上午十一點鐘到下午一點鐘。「午時」又名日正、中午。

⑯未時：未是地支之一，此指下午一點鐘到三點鐘。「未時」又名日跌、日央，意指太陽漸西偏。

⑰八河：應是指「九江八河」。泛指所有的江河。

⑱擎：向上托舉之意。擎，音ㄑㄧㄥˊ。

⑲徑：直，直接了當之意。

⑳敕：帝王自上命下的詔書、命令。敕，音ㄔˋ。

㉑掣：拉、拽之貌。在此形容動作迅疾。音ㄔㄜˋ。

㉒劄：音ㄓㄚˊ。筆記、紀錄。「點劄」在此有檢閱、指揮、調派之意。

㉓危然：超然、端正貌。

㉔剮：封建時代一種殘酷的死刑，將犯人的身體削割。俗稱「凌遲」。剮，音ㄍㄨㄚˇ。

㉕眭沙：「眭」指目光深注之貌。眭，音ㄙㄨㄟ。

㉖業龍：孽龍、惡龍。

㉗丹扆：「丹」指紅色；「扆」是古代宮殿內設在門和窗之間的大屏風。扆，音ㄧˇ。

㉘翠華：天子儀仗中以翠鳥羽毛做爲飾物的旗幟或車蓋。

㉙輦：古時以人力挽拉行駛的車輛，後多指天子或王公貴族坐的車子。「輦」，音ㄋㄧㄢˇ。

㉚丹墀：指紅色地面。「墀」指古代殿堂上經過塗漆裝飾的地面或臺階。「墀」，音ㄔˊ。

㉛爇：燃燒、焚燒的意思。「爇」，音ㄖㄨㄛˋ。

㉜賫：給人物品。在此指有官吏手持詔書贈與。「賫」，音ㄐㄧ。

【賞析】

本文節選自《西遊記》第九回「袁守誠妙算無私曲　老龍王拙計犯天條」，故事分成幾個段落，首先第一小段，是長安術士袁守誠因靈機妙算，讓漁夫張稍下網捕獲量甚大，每日滿載魚蝦而歸，惹怒涇河龍王，龍王本欲提劍前往，後在水族部衆建議之下，遂化做一白衣秀士，前往長安，請袁守誠就天上陰晴事卜卦。守誠言明朝下雨，並準確說明布雲、發雷、下雨及雨足各時辰，龍王以爲守誠戲言，離別時道應驗奉金，未應驗必將拆壞招牌。

故事第二段爲信心滿滿回去的龍王，未久即接獲金衣力士傳玉帝降雨聖旨，降雨條件與袁守誠所言全部相符，龍王嚇得魂飛魄散，鰣軍師奏請龍王「行雨差了時辰，少些點數」，要龍王故意讓袁守誠卜卦不靈驗。龍王果然依請行事，後再扮白衣秀士，到長安西門大街，捽碎袁卜卦處的招牌及筆硯，袁當下點破其原形爲涇河龍王，且預言龍王已違背玉帝敕旨，將有死罪。龍王頓時求救袁指點生還之法，袁告之監斬官爲魏徵，要龍王自去唐太宗面前求情。

故事第三小段爲龍王聽完袁守誠建議，急忙變作人形跑去找唐太宗，太宗知道原委後滿口承諾，隔日晨間設朝，聚集兩班文武官員，魏徵因天差仙使，捧玉帝金旨，要他午時三刻，夢斬涇河老龍，此時正在府中試慧劍，並未上朝，太宗堅持宣他進宮，欲留住魏徵不得回府，挽救龍王一命。本文重要人物有三，一是涇河龍王，二爲長安術士袁守誠，三是唐太宗，三人性格迥異，風範不同，交織成一篇生動出色的小說情節，龍王身爲水族大王，但性格暴躁，處事輕浮，不守紀律，導至大禍臨頭。袁守誠老成穩重，天機算盡，言語精煉，雖著墨不多，然而料事如神的模樣，作者一字一句寫來，令讀者覺得彷彿有歷歷在目之感。太宗悲憫衆生，快人快語，信守承諾，一派帝王大氣作風，《西遊記》在文字的使用上，簡潔生動，刻畫形象細膩鮮明，無怪乎歷經若干歲月，仍屬明代章回小說中的傑作之一。

【問題與討論】

一、對於龍王沒有遵照玉帝所敕命的降雨時辰及份量來看，此行為是否可挽救彌補？為什麼？

二、承上，降雨足或不足，對於生態、社會經濟有影響嗎？

三、文中除了描述水底族類會因算命先生百下百著的課準，而被捕漁翁一網打盡之外，試分析還有何影響？

十五、聊齋誌異 海公子

清·蒲松齡

【題解】

本篇選自《聊齋誌異》，敘述張生至罕無人至的古蹟島遊玩探奇，因而與大蛇搏鬥的故事。作者一開始利用細膩的筆觸，形容島上無限風光。中間巧設美女與張生志趣相同，共遊孤島，因而與之有親密關係。最後海公子出現，張生樂極生悲，命懸一線間，幸好急中生智，毒死大蛇，終能脫離險境。

【作者】

蒲松齡，字留仙，號劍臣，別號柳泉居士，清山東淄川（今山東省淄博市）人。生於明崇禎十三年（西元一六四〇年），卒於清康熙五十四年（西元一七一五年）。蒲松齡生長於當地的望門，父親蒲槃本是讀書人，因家道中弱，因此棄學經商。明末天下大亂，蒲槃經商略有積蓄，便停業在家教兒輩讀書。蒲松齡幼年從學於父親，一生刻苦好學。十九歲時初應童子試，以縣、府、道試均奪第一，補博士弟子員。之後於科舉極不得志，鄉試屢不中舉。迫於生活，主要靠著教書、擔任幕僚維生。

康熙九年（西元一六七〇年）至康熙十年（西元一六七一年）間，他應同鄉進士揚州寶應縣知縣孫蕙的邀請，先後在寶應和高郵擔任幕僚。這時，淮陽地區連年水災，他協助知縣孫蕙賑濟災民，歷經艱辛，體會到官場腐敗與人民的痛苦。回鄉後，在同鄉畢家設館教書，利用畢家的藏書，收集資料，筆耕不輟，一生著述甚豐，有詩、詞、散文、俚曲等著作，而成就最大者則爲《聊齋誌異》。

【課文】

東海古跡島，有五色耐冬花，四時不凋。而島中古無居人，人亦罕到之。登州①張生，好奇，喜遊獵，聞其佳勝，備酒食，自掉扁舟而往。至則花正繁，香聞數里，樹有大至十餘圍者。反復流連，甚慊②所好；開尊自酌，恨無同遊。忽花中一麗人來，紅裳眩目，略無倫比。見張，笑曰：

「妾自謂興致不凡，不圖先有同調。」張驚問：「何人？」曰：「我膠③娼也，適從海公子來。彼尋勝翱翔，妾以艱於步履，故留此耳。」張方苦寂，得美人，大悅，招坐共飲。女言辭溫婉，蕩人神志，張愛好之。恐海公子來不得盡歡，因挽與亂。女忻④從之。

相狎未已，忽聞風肅肅，草木偃折有聲。女急推張起，曰：「海公子至矣。」張束衣愕顧⑤，女已失去。旋見一大蛇，自叢樹中出，粗於巨桶。張懼，障身大樹後，冀⑥蛇不睹。蛇近前，以身繞人並樹，糾纏數匝⑦，兩臂直束胯間，不可少屈。昂其首，以舌刺張鼻。鼻血下注，流地上成窪，乃俯就飲之。張自分必死，忽憶腰中佩荷囊內有毒狐藥，因以二指夾出，破裹堆掌上。又側頸自顧其掌，令血滴藥上，頃刻盈把⑧。蛇果就掌吸飲。飲未及盡，遽⑨伸其體，擺尾若霹靂聲，觸樹，樹半體崩落，蛇臥地如梁⑩而斃矣。張亦眩莫⑪能起，移時方蘇，載蛇而歸。大病月餘方瘥⑫。疑女子亦蛇精也。

【注釋】

①登州：府名。治所在今東省蓬萊市。
②慊：滿足。
③膠：膠州。在今山東省青島市膠州一帶。
④忻：音ㄒㄧㄣ，喜悅。通「欣」。
⑤顧：看、張望。
⑥冀：希望。
⑦匝：周。
⑧盈把：布滿手掌。
⑨遽：音ㄐㄩˋ，忽然、突然。
⑩梁：支撐屋頂的橫木。
⑪莫：不。
⑫瘥：音ㄔㄞˋ，病痊癒。

【賞析】

志怪小說自魏晉起始，發展到清代，描寫技巧已臻成熟，尤其松齡故鄉山東，為中國大陸北方靠海省份，海上傳說故事原就十分盛行，本文故事發生地登州，為今山東蓬萊市，緊臨渤海的萊州灣，早期天文航海知識不發達時，古代登州就有許多海市蜃樓的傳說故事，北宋沈括（西元一〇三一～一〇九五年）所著《夢溪筆談》曾提及：「登州海中時有雲氣，如宮室臺觀，城堞人物，車馬冠蓋，歷歷可見，謂之海市。或曰蛟蜃之氣所為，疑不然也。」明朝陸容《菽園雜記》也說：「蜃氣樓臺之說，出天官書，其來遠矣。或以蜃為大蛤，月令所謂雉入大海為蜃是也。或以為蛇所化。海中此物固多有之。然海濱之地，未嘗見有樓臺之狀。惟登州海市，世傳道之，疑以為蜃氣所致。」本文分成兩段，首段先寫麗人，云來自海公子處，為下段海公子的出現預留伏筆。因麗人並非文中主角，因此作者僅以白描手法，簡單幾句「紅裳眩目，略無倫比」、「女言辭溫婉，蕩人心志」輕輕帶過，「苦寂」的張生遂與之燕好。

第二段主角海公子終於登場，作者先從聲音、麗人的提醒、並迅速離去，側面鋪陳出主角出現的引人注目，既是公子，但現形卻是蛇身，作者接著仔細著墨大蛇外觀，以及一步步欲置人於死的情節，環環相扣，看得讀者屏氣凝神，正在千鈞一髮之際，忽然筆鋒一轉，全力書寫張生急中生智，轉危為安的過程，文筆洗練，可謂短篇小文的經典之作。

【問題與討論】

一、《海公子》中的張生能急中生智，以毒狐藥毒死大蛇，倖免於難。試舉例說明你認為張生是怎樣的人？

二、請舉例說明《海公子》一文中，美女對張生說的話語，有怎樣的效果？

三、讀完本文，你能就本篇文章所形容的海公子，描繪出它可能的圖像嗎？

國家圖書館出版品預行編目資料

海洋文學欣賞

余蕙靜編著. – 初版. – 臺北市：臺灣學生，2012.09

面；公分

ISBN 978-957-15-1569-4 (平裝)

1. 國文科 2. 讀本

836 101016106

海洋文學欣賞

編著者：余蕙靜

出版者：臺灣學生書局有限公司

發行人：楊雲龍

發行所：臺灣學生書局有限公司

臺北市和平東路一段七五巷一一號

郵政劃撥戶：〇〇〇二四六六八號

電話：（〇二）二三九二八一八五

傳真：（〇二）二三九二八一〇五

E-mail：student.book@msa.hinet.net

http://www.studentbook.com.tw

本書局登記證字號：行政院新聞局局版北市業字第玖捌壹號

印刷所：長欣印刷企業社

新北市中和區永和路三六三巷四二號

電話：（〇二）二二二六八八五三

定價：新臺幣二四〇元

二〇一二年九月初版

83602

ISBN 978-957-15-1569-4 (平裝)